Inhalt

Nachbarschaftshilfe für Anton	3
Als Lockhilfe unverzichtbar	12
Das benötige ich nicht	18
Der Traum vom Hauptgewinn	20
Er hatte sie schon alle	27
Der Bucheintreiber	31
Im 630iger	38
Der Anzugkauf	48
Bedenkliche Sehschwäche	51
Blumen zur Goldenen Hochzeit	54
Ein herausragendes Superangebot	57
Beinahe aus der ganzen Welt	60
Danach hast du nicht gefragt	63
Eine Kohlfahrt - oder Hermanns herzliche Bitte	65
Für zwei Dicke zu klein	74
Fahrraddiebstahl	79
Ich will doch nicht Bauchef sein	86
Ich muss raus in die Natur	89
Kalorienzähler	92
Plötzlich war er da	96
Freier Eintritt	105
Berührungsängste	109
Ist doch Ehrensache	114
Fünf Richtige	116
Das Problem werde ich schon lösen	120
Rückgaberecht	129
Vielleicht einiges anders machen	134
Zu schnell – oder?	138

Probefahrt in Ostfriesland	142
Es ist der Zwischenhandel	150
Unschuldig	154
Eine große Arbeitserleichterung	157
Unerklärlich diese Fahrradpanne	159
Ohne alles	166
Sie sind doch meine Freunde	170
Fahrt nach Bremerhaven	183
Ohne Pause reden	190
Eine resolute Belehrung	193
Wie jedes Jahr	197
Einmal musste es passieren	204
Herbstrabatte	207
Preußenadler	209
Böse Buben	214
Gelber Sack	220
Das ist doch ganz einfach	223
Der Landverkauf	228
Antons letzter Wille	238

Der Autor

Wolfgang Marschall, wurde 1941
in Schlesien geboren.
Er lebt seit 1960 in Bremen.
Ab 2003 veröffentliche er
2 Sachbücher und 5 Bücher
mit Erzählungen.

Wie jeder der früheren Erzählungsbände entwirft
auch dieser ein Panorama der Themen, die den
Erzähler Marschall herausforderten.
Neben Themen und Szenerien, die dem Leser
durchaus bekannt sein können, tritt Neues ins
Bild.

Bibliografische Information der Deutschen Nationalbibliothek:
Die Deutsche Nationalbibliothek verzeichnet diese Publikation
in der Deutschen Nationalbibliografie; detaillierte bibliografische
Daten sind im Internet über dnb.dnb.de abrufbar.

© 2018 Wolfgang Marschall

Herstellung und Verlag: BoD – Books on Demand, Norderstedt

ISBN 978-3-7431-7838-0

Nachbarschaftshilfe für Anton

Seinen Lebenstraum, Bauer zu sein, konnte Anton Wurtmann erst im Alter verwirklichen. Zum Erwerb eines eigenen Hofes fehlten ihm in seinen jungen Jahren einfach die finanziellen Mittel.
Notgedrungen arbeitete er deshalb bis zu seiner Rente als Bauarbeiter in der Stadt.

Jetzt ist diese Epoche vorbei, der große schlanke Mann muss nicht mehr täglich mit dem Rad fahren, er ist in Rente gegangen.

Ein Glücksfall war es, den er nutzen wollte. Anton hatte lange gesucht und schließlich einen kleinen Hof gefunden. Ein Bankkredit musste helfen das freistehende, 150 Jahre alte, landwirtschaftliche Gebäude zu erwerben. Doch sein großes Glück war nur von kurzer Dauer. Ganz plötzlich starb seine Frau. Unfassbar, er konnte es nicht begreifen. Schwer trug er an der persönlichen Tragödie, an diesem furchtbarem Verlust. Anton ging kaum noch aus dem Haus, wurde nun immer einsamer.

Mochte nicht mehr unter die Menschen gehen. Trost und Abwechslung geben ihm nur noch seine Tiere. Er hatte durch sie eine Aufgabe.

Die meisten Bürger des Dorfes mieden ihn inzwischen, den Eremiten, wie sie sagten. Sie nannten ihn, wegen seiner zwanzig schneeweißen Ziegen, auch nur Ziegen-Anton. Zusammen mit ihnen und einigen Schweinen teilte sich Wurtmann den begrenzten Platz unter dem Satteldach des alten Hauses.
Einfach sind die drei Zimmer eingerichtet, als Fenstergardinen dienen einfache Kartoffelsäcke. Seine Ziegen gingen ihm

nicht von der Seite und waren immer, rund um die Uhr, 24 Stunden bei ihm. Er lebte mit ihnen. Selbst zu den Mahlzeiten standen sie drängelnd um den Küchentisch und griffen sich eigenständig ihre Portionen.

Zu seinem Elend kamen noch große finanzielle Probleme. Anton kämpfte schon seit einiger Zeit ums Überleben. Die dramatische Folge war, dass er seine Bankschulden nicht mehr bezahlen konnte.
Die Folge stellte sich schnell ein. Zusammen mit seinen Tieren wurde der Hof schließlich zwangsversteigert. Anton musste sein Haus und das Dorf verlassen.

Mittellos und ohne Unterkunft, kehrt Anton, inzwischen schon 66 Jahre alt, nach einiger Zeit in sein Dorf zurück. Die Gemeinde hatte ihn nicht vergessen und bot ihm auf einem Stück Gemeindeland ein kleines leerstehendes Haus am Rande des Dorfes mit Stall und angrenzendem Heuschober, zur günstigen Miete an.

Anton lebte wieder auf und war glücklich. Sofort begann er wieder deutsche weiße Edelziegen zu züchten.

Neben den Ziegen zieht Anton auch Ferkel groß um sie später zu verkaufen. Diese Ferkel bekommt er von den einheimischen Bauern geschenkt. Es sind immer so genannte "Quieker". Diese Quieker sind für die Bauern nichts wert, für die Aufzucht ungeeignet, sind unverkäuflich. Diese kleinen Ferkel werden deshalb von ihren Geschwistern immer gebissen und vom Futtertrog gedrängt. Dadurch sind sie körperlich zu schwach und können sich nicht wehren. Sie quiekten unangenehm schrill, laut und pausenlos. Aber Anton nahm sich ihnen gern an. Er hatte doch genügend Zeit und Geduld um sie mit Ziegenmilch aufzupäppeln.

Täglich, aber nur in den Sommermonaten, öffnete Anton pünktlich um 16.00 Uhr die Tür des Stalles. Wild drängen die Ziegen nach draußen. Die Herde ist es gewohnt mit Anton auf der einzigen Straße, die mitten durchs Dorf führt, entlang zu ziehen. Bis zum dunkel werden weiden sie nun links und rechts den Bewuchs der Grabenränder ab. Die Gemeinde sah es gern, sparte sie doch dadurch die Kosten für den Gärtner.

Im Gegensatz zu den Erwachsenen war Anton bei den Kindern im Dorf sehr beliebt. Immer ist er freundlich zu ihnen und sie halfen ihm deshalb gern. Wussten sie doch, dass sie für verrichtete Arbeit meistens 50 Pfennig in die Hand gedrückt bekamen. Besonders im Herbst lohnte es sich immer für die Kinder, dann wenn Kastanien und Eicheln von den Bäumen fielen. Fleißig sammelten sie. Für einen Zentner Kastanien bekamen sie drei und für Eicheln vier DM.

Es war im späten Sommer, eine Zeit mit viel Sonnenschein und klarer Luft. Anton hatte sich vom Nachbarn einen Pferdewagen geliehen und war auf dem Weg nach Bremen-Arbergen. Neben seinen besten Ziegen war auch der 12 jährige Nachbarsohn Hermann mit dabei.
Hermann saß ganz vorn bei Anton auf dem Kutschbock und ist unheimlich stolz,
Anton hatte sich für diesen besonderen Tag extra frisch rasiert und wohl auch gut gewaschen. Auch seine beste Sonntagskleidung hat er angezogen. Trotzdem, empfand Hermann, roch er immer noch nach Ziegen.
Vier Jungziegenböcke der Deutschen weißen Milchziegen standen hinter ihnen angebunden auf dem Wagen. Es waren seine besten. Sie sollten zur Körung.
Es war ein Glückstag für Anton. Zwei seiner Böcke wurden ausgezeichnet. Noch bei der Ausstellung konnte er sie gut verkaufen. Das brachte guten Gewinn. Sein Glück war auch das Glück des Jungen. Großzügig lies er ihn an seinem Erfolg teilhaben und

schenkte ihm sogleich Zwanzig Deutsche Mark.

Zu Antons Ziegenherde gehörten auch zwei besondere Böcke, ein junger und ein alter. Ausgesuchte waren es, für die Zucht zugelassene, gekörte Böcke, den Gesetzen und Vorschriften der Zuchtverbände entsprechend.
Jedes Jahr im Herbst, meistens im Oktober, war Deckzeit. Die Zeit um Geld zu verdienen.

Im ganzen Bezirk hatten Antons Böcke einen guten Ruf und so machten sich viele Ziegenbesitzer aus der näheren dörflichen Umgebung mit ihren Ziegendamen auf den Weg in das kleine Wümmedorf. Die meisten kamen zu Fuß, im Schlepptau ihre Ziegen oder benutzten ein Fahrrad, an dem die Tiere angebunden waren.

Auch der 13jährige Theo, aus dem Nachbardorf ist, wie jedes Jahr, im Herbst 1948 wieder auf dem Weg zu Anton. Er geht langsam, denn er zieht einen mit zwei Ziegen beladenen Handwagen hinter sich her. Diesen Weg ist er schon oft gegangen, jedes Jahr. Auch heute muss er die Ziegen seiner Eltern zu dem preisgekrönten Ziegenbock bringen. Alles läuft wie immer ohne Probleme für ihn ab. Die Ziegen stehen wieder ganz still auf dem Wagen. Vielleicht wissen sie wo es hingeht und was ihnen bevorsteht und kennen wohl den genauen Ablauf.
Von Natur aus sind Ziegen eigentlich störrisch, eigensinnig. Nur am Tag dieser kleinen Reise änderte sich seltsamer Weise ihr Charakter. Theo brauchte morgens nur den Handwagen in den Stall zu schieben, sofort kamen sie freudig angelaufen und sprangen freiwillig hinauf und rührten sich nicht mehr, verhielten sich ganz still.

    Natürlich verlangte Anton für diese Art Dienstleistung ein entsprechendes Honorar. Wer konnte bezahlte den geforderten Preis, wer aber das nötige Kleingeld nicht aufbringen konnte, hatte die Möglichkeit mit einer bestimmten Menge Torf zu bezahlen.

Torf war für Anton zum heizen ganz besonders wichtig. Für die Lagerung des Torfes hatte er sich extra einen überdachten Anbau gebaut.

Nun konnte es aber durchaus schon mal vorkommen, dass Anton verhindert und nicht zu Hause war. Dann war es ihm natürlich nicht möglich die abgesprochenen Termine einzuhalten. Aber für diesen Notfall hatte er jedoch klug und pfiffig vorgesorgt.

Mit seiner Nachbarin Katharina Heydenreich hatte er eine freundliche Absprache getroffen. Sie hatte sich sofort einverstanden erklärt und war natürlich bereit zu helfen.

Für diesen außergewöhnlichen Fall hatte Anton nämlich pfiffig ein großes handgeschriebenes Plakat angefertigt, welches er, wenn er das Haus verließ, an seiner Haustür befestigte. Schon von Weitem konnten jetzt die müden und erschöpften Kunden, die mit ihren hoffnungsvoll wartenden Ziegen auf das Gelände traten, den Anschlag lesen:„Wenn ich nicht da bin, deckt Frau Heydenreich."

Als Lockhilfe unverzichtbar

Der 23. November 1977 ist schon am Morgen ein sonniger, aber kalter Tag. Er hatte schon darauf gewartet, diese günstige Witterung und das für die Jahreszeit besonders schöne Wetter, wollte der junge Landwirt deshalb zur Poljagd nutzen. Der frische Wind hielt die kleine Wasserstelle vor seiner Polhütte noch eisfrei. Diese günstige Wettersituation muss ich nutzen, vielleicht ist in den nächsten Tagen schon alles zugefroren, dachte er.

Alles ist genau geplant. Seine 12 zahmen Lockenten saßen ruhig in ihren Drahtkäfigen im Laderaum seines kleinen „Kombi". Die hintere Sitzbank ist wie immer für die gepflegte Doppelflinte reserviert. Vorsichtig hatte er sie dort abgelegt. Es sollte kein Schaden an ihr entstehen. Und ganz nah, neben der Flinte, lag noch eine große Pappschachtel. Der Inhalt ist ein Rest vom Kindergeburtstag seines Sohn Ole. Es sind viele süße Schokoladenküsse. Sie sind übrig geblieben und das hat ihn riesig gefreut. Zu gern nascht er nämlich diese schokoschalige Süßigkeit.

Startbereit steht der junge Landmann nun vor seiner Frau um sich von ihr zu verabschieden. Sie hatte sich, wie Frauen nun mal so sind, liebevoll Gedanken gemacht und ihm, nicht nur für die Nacht, Verpflegung in den Rucksack gepackt. Auch hat sie noch einen alten Strohsack und eine kupferne Wärmflasche heimlich in das Auto gelegt. Sie weiß, dass die Nächte um diese Jahreszeit schon kalt sind und er sollte es angenehm warm und bequem haben.

Die Poolhütte

Es ist schon lange her, dass er hier draußen gewesen ist.

Als erstes brachte er natürlich seine gezähmten Erpel, seine Lockvögel, in dem flachen Wasser vor der Hütte in Stellung. Durch einen 30 cm langen Riemen, der an einem Bein angebunden ist, sind sie an dem Sitzbrett, dem „Beekstuhl", im Halbkreis „angebeekt". Hier sitzen sie nun, halb im Wasser, halb auf dem Brett, und sollen, nur durch bloße Anwesenheit, ihre wilden Verwandten anlocken.

Gezähmte Lockenten

Schon gleich nach dem Betreten des kleinen gemauerten Raumes hat er für Ordnung gesorgt und die beiden Liegesofas vom Staub befreit. Die Kissen sind inzwischen gerade gerückt und der Kanonenofen ist bis zum

Rand befüllt. Knisternd brennt das trockene Holz.

Ruhe war eingekehrt. Eine angenehme Stille die er sehr genießt. Nur die knackenden Geräusche des Ofens sind zu hören, als sich das plötzlich ändert. Es klopft. Klaus öffnet und sieht Herbert, einen guten Bekannten aus dem Dorf vor der Tür stehen. „Ich bin gerade auf dem Rückweg von einer kleinen Radtour durch die Wischen und habe gesehen, dass du in deiner Hütte bist", erklärte er dem Landwirt, „ich wollte einfach mal sehen was du hier so machst".
Freundlich redend sitzen beide auf dem Sofa als Herbert unversehens die vielen Süßigkeiten auffallen.

„Nanu, was machst du denn mit so viel Schokoküssen hier draußen"? Klaus überlegt nicht lange. Schlagfertig erklärt er dem neugierigen Besucher ihre Bewandtnis mit den Worten: „ Ja, ist dir das denn nicht bekannt, die sind für mich hier draußen ganz besonders wichtig, die brauche ich doch ganz dringend für die Pooljagd. Die Wildenten sind ganz verrückt danach". „Ich benutze sie immer als unverzichtbares Lockmittel". Das verschlägt dem neugierigen

Gast die Sprache, nein, das hatte er noch nicht gehört.

Herbert fährt wieder heimwärts. Ich werde noch kurz im „Dorfkrug" einkehren. Nur auf ein Bier, hatte er sich vorgenommen.

Sie waren wie immer alle da und saßen in der Mitte des Raumes, am großen runden Tisch, die Herren vom Stammtisch.
„Wo kommst du denn jetzt noch her". Herbert wusste das diese Frage kommt und antwortet wahrheitsgemäß. Ich komme gerade aus den Wischen, ich war bei Klaus in seiner Poolhütte. Von ihm habe ich etwas ganz besonders Interessantes erfahren. Viel-

leicht kennt ihr es auch noch nicht. Ich werde es euch erzählen.
„Wisst ihr eigentlich womit der die Wildenten anlockt"? Herbert sonnt sich, fühlt sich stolz als Eingeweihter, sein großes Geheimnis aber noch hütend. Spannung herrscht im Gasthaus. „Nun erzähl schon" fordern ihn die Stammtischfreunde auf.
„Also, der Klaus hat palettenweise Schokoküsse in seiner Poolhütte und mit diesen lockt er die Wildenten an". „Die seien ganz verrückt nach dem süßen Zeug", hat er mir erzählt.

Ruhig hört man ihm zu und mit ernstem Gesicht antwortet schließlich Friedo: „Ich staune, dass dir das nicht bekannt war"! Das mache ich doch schon mit großem Erfolg seit vielen Jahren so.
Abwartende Stille herrschte bei den Anwesenden. Schließlich unterbricht Friedo das Schweigen: „Herbert, du musst uns jetzt aber versprechen das du es keinem erzählst, dieses Insiderwissen muss unter uns bleiben.
Natürlich versprach Herbert das. Er war doch richtig stolz auf sich. Denn jetzt gehörte er auch zu den Geheimnisträgern.

Das benötige ich nicht

Breitbeinig, die Arme in die Hüften gestemmt, steht sie vor ihr, die elfjährige Enkelin. „Mit diesem Badeanzug nehmen wir dich aber nicht mit auf die Insel, Omi". „Der ist ja schon uralt, mit dem kannst du nicht mehr am Strand sein, das ist ja peinlich". „Wirklich, du musst dir unbedingt einen neuen, modernen kaufen".
Eigentlich wollte Oma nicht mehr, sie hatte das Thema schon vor einigen Jahren abgeschlossen. Sie ist nämlich der Meinung dass sie keinen neuen Badeanzug mehr benötige. Mein alter Badeanzug erfüllt doch durchaus noch seine Aufgabe und außerdem sieht er doch noch ganz gut aus, denkt sie, sagt es aber nicht, weil es sowieso keinen Sinn gehabt hätte. Sie sah nur in die Augen ihrer Enkelin, sah dort unheimliche Energie blitzen und dachte, sei lieber still, diskutiere nicht mehr, es ist so wie so zwecklos. Schließlich willigte sie schweren Herzens ein und fährt an einem Nachmittag mit in das riesige Kaufhaus. Nun steht die ältere Dame schon eine halbe Stunde in der unangenehm warmen, stickigen Umkleide-

kabine und probiert wohl schon den zehnten Badeanzug an. Aber nichts Passendes ist dabei. Mal ist es die falsche Größe, mal ist er nicht ihr nach ihrem Geschmack. Doch die Enkelin lässt nicht locker. Pausenlos sucht sie und reicht die verschiedenen Modelle und Farben in die Kabine. Langsam hat Oma aber keine Lust mehr. Das pausenlose an- und ausziehen ist furchtbar anstrengend für sie. Sie ist schon total er-schöpft.

„Vielleicht sollten wir es mal mit einen Bikini versuchen, Omi", und reicht spontan einen schönen Zweiteiler in Omas Kabine.

Stille herrscht in der Ankleide und nach nur kurzer Zeit öffnet sich ein wenig der Vorhang, einen Spalt breit nur.

Eine Hand von Omi ist in diesem Moment nur zu sehen, als sie das Oberteil des Bikinis aus der Kabine reicht. Leise spricht sie zu ihrer Enkelin:

„Höre mal mein Schatz, ein Bikini ist wirklich nicht mehr das Richtige für mich. Ich bin wohl schon zu alt für so ein Model, obwohl die Hose passt prima. Aber das Oberteil benötigte ich wirklich nicht mehr, es passt alles in die Hose".

Der Traum vom Hauptgewinn

Diese Aufregung wiederholt sich jede Woche. Immer sonnabends wird Karl von einer permanenten Unruhe erfasst. Es beginnt schon am frühen Morgen.
Die Ursache dieses Zustandes ist ihm wohl bekannt doch er kann sich nicht dagegen wehren. Manchmal ist ihm seine Aufgeregtheit richtig unangenehm aber er kann es nicht steuern, nicht beeinflussen.
Er kann an diesem Tag an nichts anderes mehr denken.
Karl wartet nämlich auf die Ziehung der Lottozahlen.
Das Spiel mit den Lottozahlen gehört zu seiner großen Leidenschaft und dadurch hofft er jedes Wochenende natürlich auf den Hauptgewinn. Jedes Wochenende schmiedet er Pläne für eine Weltreise, wirklich er ist sich sicher und glaubt fest daran, dass er bald zu den Auserwählten, zu den glücklichen Lottomillionären gehören wird.
Pünktlich, am Sonnabend um 20 Uhr, nimmt Karl seinen Stammplatz auf dem Sofa ein. Unruhig rutscht er auf dem Sitzmöbel hin und her. Er ist hypernervös. Dann endlich ist es so weit. Es ist der

Moment an dem die Lottofee die Lottozahlen im Fernsehen zieht.

Manchmal aber meint es das Schicksal besonders hart mit ihm. Dann nämlich wenn er zu diesem Termin verhindert ist.

Karl ist nämlich Feuerwehrmann und hat dadurch in regelmäßigen Abständen an einem Sonnabend Dienst. Und das auch noch Vierundzwanzig Stunden lang. Eigentlich geht er gern seiner hoheitlichen Tätigkeit nach, aber nicht an einem Sonnabend. Zu gern wäre er dann lieber zu Hause, bei Christel, seiner Frau. Er genießt es an diesem Abend gemeinsam mit ihr vor dem Fernsehgerät die Ziehung der Lottozahlen zu verfolgen.

Dieser Sonnabend, Ende September 1985, ist halt wieder so ein schlimmer Tag. Schon früh morgens als er aus dem Haus fuhr grauste ihm vor den 24 Stunden im Wachgebäude. Eine lange, manchmal nervtötende Zeit mit seinen Kollegen auf engstem Raum zu sein. Oft entwickelt sich daraus ein toller Nährboden für so manchen Schabernack.

Ein bisschen Abwechslung an so einem Tag bringt ein wenig Sport an der Tischtennisplatte. Auch an diesem Sonnabend ist die grüne Platte wieder heiß umlagert. Karl

ist mittendrin und kämpft um den Sieg eines kleinen, improvisierten Turniers. Unbemerkt vergingen dabei die Stunden. Plötzlich war es 20 Uhr geworden, der Beginn der Tagesschau. Karl ist geschockt als er es plötzlich feststellt. Heute aber ist er unabkömmlich, kämpfend steht er an der Tischtennisplatte.
Aber so richtig konzentrieren kann er sich ab diesem Moment nicht mehr auf den weißen Ball.
Er denkt fortan nur noch an die Lottozahlen und sucht rasend nach einer Lösung.

Ich werde einfach den Kollegen Nils bitten sich vor das Fernsehgerät zu setzten, ging ihm spontan durch den Kopf. Er wird mir sicherlich aus dieser schweren Notlage helfen. „Nils, bist du so lieb und schreibst mir die Lottozahlen auf". „Na klar, das ist überhaupt kein Problem". Nils macht sich sogleich auf den Weg zum Fernseher, in den oberen Bereich der Feuerwache.
Natürlich hat Nils listige Hintergedanken, denn er kennt das kleine unverschlossene Privatfach von Karl. Es befindet sich auf dem Flur, direkt vor dem großen Aufenthaltsraum des Wachgebäudes. Oft schon hat er dort die Brieftasche mit dem Lotto-

schein liegen sehen. Nils ist ein Schelm und sucht in Windeseile Karls ausgefüllten Lottoschein. Schnell sind die Zahlen abgelesen und auf den Rand der Tageszeitung geschrieben. Sekunden später liegt der Schein, wie unberührt wieder im Wandschrank.

Eingeweiht in das Millionenunternehmen sitzen zwanzig Feuerwehrbeamte ruhig vor dem Fernseher und warten geduldig. Es ist schon 22 Uhr, die Sportschau läuft, als Karl voller Hoffnung auf den Geldsegen, aufgeregt den Raum betritt. In seiner rechten Hand hält er seinen Lottoschein. Ungeduldig fragt er nach den Zahlen. „Ich habe sie dir dort auf den Rand der Tageszeitung geschrieben", freundlich ist die Auskunft von Nils. Karl befindet sich wie in einem Trancezustand. Seine Augen suchen nur nach den Glückszahlen. Die lauernden Blicke seiner Kollegen und die Stille im Raum bemerkt er überhaupt nicht.

Optisch gut platziert liegt der Weser-Kurier auf dem hinteren, letzten Tisch. Ein kurzer Blick auf die Tageszeitung genügt. Blitz-schnell hat Karl die Zahlen die auf den Rand geschrieben sind erkannt. Sein Atem stockt, starr ist sein Blick, eine Art Schockzustand hat ihn erfasst.

WESER

TAGESZEITUNG FÜR B

SONNABEND, 28. SEPTEMBER 1985

Immer wieder sieht er auf das Stück Papier, unfassbar, er kann es nicht glauben. Hektisch wandern seine Augen hin und her. Nochmals vergleicht er sicherheitshalber die Zahlen auf seinem Lottoschein mit denen auf der Zeitung. Dann ist er sich sicher, diesmal habe ich den Sechser. Eigentlich braucht er ja nicht zu überlegen, weil er doch immer die selben Zahlen benutzt. Karl schwelgt im Geheimen schon im großen Reichtum, sieht wie im Traum die Erfüllung seiner Wünsche. Sein freundliches Gesicht glüht förmlich.

Plötzlich springt er mit einem Satz, den man ihm eigentlich nicht mehr zutraute, von seinem Stuhl auf und in überschwänglichem Ton ruft er seinen Kollegen zu: „Ihr könnt alle zur Kantine gehen und euch auf meine Kosten zu trinken holen, was und soviel ihr wollt".

Nur kurz dreht er sich zu seinem Chef, dem Wachabteilungsleiter um und sagt schon im Hinausgehen: „Walter, nur zu deiner

Kenntnis, ich gehe gleich nach Hause, ich muss nämlich noch meinen Koffer packen für meine Weltreise".

Schnell verlässt er den großen Raum und geht in das Nachbarzimmer. Fest schließt er die Tür hinter sich. Er möchte ungestört, möchte allein sein.

Hier steht nämlich ein Diensttelefon mit „Amtsanschluss". Zittrig sind seine Hände als er die schwarze Wählscheibe dreht.

Er kann es kaum erwarten mit seiner Frau zu sprechen. „Mensch, Christel, hast du die Lottozahlen schon gesehen"? „Ja, und wo ist die Aufregung", ruhig antwortet Christel.

„Hast du denn nicht gesehen, dass wir diesmal 6 Richtige haben", überschwänglich klingen seine Worte. „Nein, antwortet

Christel vorsichtig und ruhig, „das habe ich nicht gesehen. Ich habe nur gesehen, dass eine Zahl richtig ist".

Großes Schweigen setzt spontan bei Karl ein. Er kann es nicht glauben. Mit wenigen Worten, verabschiedet er sich leise von seiner Frau. Ganz still sitzt er noch minutenlang am Telefon. Was haben die mit dir gemacht, wie ist das denn nur möglich, grübelt er. Langsam, aber immer deutlicher dämmert es ihm. Schließlich kam die Erleuchtung, der Ablauf der Geschichte wird ihm klar.

Erhobenen Hauptes, ohne innere Regungen zu zeigen, tritt Karl wieder in den großen Tagesraum. Ruhig setzt er sich zu seinen Kollegen, neben Nils an den Tisch. Dieser schaut durchaus ein wenig schuldvoll auf ihn, er ist verunsichert, hat wirklich ein schlechtes Gewissen.

Verstohlen versuchen die Beamten im Gesicht ihres Kollegen Karl zu lesen, seine Regung zu erkennen. Sie sehen nichts. Plötzlich aber löst sich die allgemeine Stille. Karl ist aufgestanden und steht lachend mitten im Tagesraum. Der Lottogewinn, sein unverhoffter Reichtum, endet schließlich in einem allgemeinen, riesigen Gelächter.

Er hatte sie schon alle

Nicht täglich, nein, so oft ist es nicht nötig. Er tut es wirklich nur nach Bedarf. Aber, er macht es einfach gern, schon seit vielen Jahren.
Ein unheimlicher Zwang fordert ihn immer wieder auf eine neue, eine Andere auszuwählen. Doch diese Entscheidung fällt ihm, nach so vielen Jahren, inzwischen wirklich schwer. Er hat sie doch schon alle gehabt.
Noch vor einiger Zeit dachte er, wenn er nachts unterwegs war, immer nur an zwei, an Linda und an die rote Laura. Aber Linda ist inzwischen in die Jahre gekommen und ihre Zeit ist wohl langsam vorbei, obwohl sie noch viele Liebhaber hat.

Natürlich hat er Lieblinge unter ihnen, und wählt sie nach seinem Geschmack aus. Das ist doch ganz normal und das geht wohl jedem Menschen so. Im Moment bevorzugt er Nicola und Annabelle. Beurteilt werden sie von ihm zuerst nach ihrem äußeren Erscheinungsbild aber grundsätzlich immer nach ihren inneren Qualitäten. Es ist für ihn nicht einfach, aber schlussendlich muss er sich natürlich für eine entscheiden.

Fast immer zur gleichen Zeit, mitten in der Nacht, verlässt er, Rücksicht nehmend auf seine Frau, leise sein Haus. Natürlich weiß sie von seinen Aktivitäten, nimmt es inzwischen ohne Widerspruch hin. Aber sie ist dann oft unglücklich wenn er für ein paar Stunden fort ist.
Eine lange Zeit macht sie das schon mit, Jahrzehnte. Inzwischen hat sie sich aber damit abgefunden.
Als sie ihr Frühstück zubereitet ist ihr Mann schon drei Stunden aus dem Haus.
„Ich suche morgen nach einer Neuen", hat er noch am Abend zu ihr gesagt, „denn die meisten habe ich ja schon gehabt".

Mitten in der Nacht ist er, wie immer, mit dem kleinen Transporter unterwegs. Eine Stunde und dreißig Minuten Fahrtzeit benötigt er für den Weg. Zeit genug um sich in Gedanken schnell für eine zu entscheiden. Diesmal werde ich es mal mit Sieglinde versuchen.

Er hat sie doch schon alle gehabt und kennt dadurch auch ihre Vor- und Nachteile. Neues und Überraschendes erlebt er bei seinen Unternehmungen deshalb nur noch selten. Meistens wählt er die aus die er gerade zu Gesicht bekommt.

Aber er wechselt öfter. Er ist nämlich der Meinung, dass etwas Neues durchaus sinnvoll ist. Abwechslung ist doch ganz wichtig, findet er. Es soll ja nicht eintönig werden. Und deshalb hat er sich auch diesmal noch zusätzlich für Belana und Selina entschieden. Ich versuche es einfach mal mit ihnen, denkt er, vielleicht werde ich mich beim nächsten mal für Salome oder Melina entscheiden.

Kartoffeln sind es nämlich die er nachts auf dem Gemüsegroßmarkt einkauft und auf seinen kleinen Transporter lädt.

Zufrieden mit sich und seiner Wahl ist er wieder auf dem Heimweg. Er muss sich beeilen, viel Zeit bleibt ihm nicht für den Aufbau seines Gemüsestandes auf dem Wochenmarkt.
Er weiß aus jahrelanger Markterfahrung, dass seine Kunden auf ihn warten. Sie verlassen sich auf ihn und seine Kartoffelauswahl.
Aber, so viel Neue gibt es ja leider für ihn nicht mehr zu entdecken. Weil, er hat sie doch alle schon gehabt.

Der Bucheintreiber

Es ist für die Menschen eine ganz besonders schwere Zeit gleich nach Kriegsende 1945. Auch Helene Hallus mit ihren drei kleinen Kindern hat darunter schwer zu leiden, denn ihr Ehemann ist nicht mehr aus dem Krieg zurückgekommen, er hat dort sein junges Leben verloren. Nun ist sie mit den Zwergen allein und kämpft täglich ums Überleben. Die Vier leben von einer kleinen Kriegerwitwenrente und jede Mark muss von Helene vor dem Ausgeben mehrmals umgedreht werden.

Eine große Hilfe ist zu dieser Zeit auch die Suppenküche die von den Amerikanern im Gasthaus auf der anderen Seite des Flusses, eingerichtet wurde. Täglich gehen die beiden Mädchen, in einer Hand ein Kochgeschirr haltend, über die durch den Krieg zerstörte Brücke. Nur einen schmalen Fußgängersteg ohne Geländer können sie nutzen. Sie gehen diesen Weg nicht gern. Jeden Tag kämpfen sie gegen die mächtigen Angstgefühle. Sie holen eine Suppenration für die Familie.

Ein Zubrot durch Arbeit außer Haus ist durch die kleinen Kinder für Helene einfach nicht möglich. Zum Glück hat sie ihren kleinen Garten hinter dem Haus, der sichert das Überleben. Täglich grübelt Helene während ihrer Gartentätigkeit, sucht nach Arbeit und einer Geldquelle. Ohne dass sie bewusst darüber nachdachte, war sie plötzlich da, die Lösung. Ich besitze doch so viele Bücher, dachte sie, Bücher aus einer besseren Zeit, einer Zeit ohne finanzielle Sorgen. Sie liegen doch schon so lange unbenutzt und vergessen auf dem Hausboden. Ich werde sie zum Leben erwecken und einfach versuchen sie gegen Gebühr zu verleihen,. Ja, das könnte die Lösung sein, ich werde einen Bücherverleih eröffnen, dachte sie. Das ist für mich die einzige Möglichkeit an etwas Geld zu gelangen. Sofort begann sie ihr Haus umzugestalten. Im unteren linken Zimmer, gleich neben der Haustür, richtet sie die kleine Leihbücherei ein. Jetzt muss ich Werbung machen, muss es überall im Dorf erzählen. Es ist doch ganz wichtig, dass jeder Bürger es erfährt. Sie war voller Begeisterung und Hoffnung, warb ununterbrochen für ihre kleine Privatbibliothek.

Für eine Gebühr von 15 Reichspfennigen verlieh sie nun, anfangs zunächst für drei Tage, ihre Buchbestände aus.
Es lief wunderbar. Die Idee entwickelte sich sehr erfolgreich. Schnell waren alle Bücher verliehen. Langsam aber setzte eine Stagnation ein, die Kunden blieben aus. Der Buchbestand ist zu klein, erkannte sie schon bald. Oft musste sie deshalb Interessenten abweisen. Ein Erweitern des Buchbestandes ist nun unumgänglich, dachte sie. Sie entschloss sich zum Zukauf sogenannter „guter Bücher" und vergrößerte dadurch kontinuierlich ihr Angebot.

7

Schon bald standen Wild-West-Bücher, Kriminalromane und auch die sehr begehrte Frauenliteratur in den Regalen.
Über 7.000 Bücher warteten nun auf den Verleih.

Die hiesigen Bürger waren glücklich. Endlich haben wir eine Leihbücherei im Dorf und müssen nicht immer umständlich in die Stadt fahren.
Kinder, Jugendliche, Erwachsene, ja selbst der arme junge Pastor nutzten das Bücherangebot und nahmen es in großer Zahl freudig an.
Penibel genau hatte Helene Hallus jedes Buch in einer Kladde genau mit den Ausleihdaten erfasst. Und zu ihrer Sicherheit hatte sie jedes Buch speziell so präpariert, dass es jederzeit als ihr Eigentum zu erkennen war. Dadurch hatte sie immer einen genauen Überblick über den Bestand der Bücher.

Nun kam es allerdings durchaus mal vor, dass einzelne Kunden es mit der Rückgabe der Bücher zum vereinbarten Termin nicht so genau nahmen oder dass ausgeliehene Bücher gar nicht zurück gebracht wurden.

Das war natürlich sehr ärgerlich und besonders geschäftsschädigend. Das geht so nicht, das muss sich sofort ändern. Es galt für sie den Fehlbestand schnellstens wieder in das Geschäft zu bekommen. Fest und energisch war sie entschlossen.
Nur wie, Helene grübelte nach einer Lösung. Sie selbst hatte nicht die Zeit um die untreuen Kunden zu besuchen. Sie wusste, allein war sie machtlos. Ich benötige unbedingt Hilfe, einen Büchereintreiber.

Der geniale Gedanke kam ihr quasi über Nacht. Wir haben doch einen Polizeimeister hier im Dorf. Der soll sehr freundlich und hilfsbereit sein, hat ihr gestern noch Grete, die Nachbarin, erzählt. Ich werde ihn einfach fragen. Vielleicht kann er mir helfen. Der Dorfpolizist könnte meine Rettung sein. Ich werde gleich rüber gehen in sein Büro. Es ist ja in direkter Nachbarschaft. Ich werde ihm von meinen Problemen erzählen und ihn um amtliche Hilfe bitten. Dann stand sie im Wohnzimmer des Polizeimeisters welches damals auch gleichzeitig seine Amtsstube war. Amtlich sieht es hier wirklich aus, dachte Helene.

Sogleich erzählt Helene dem Beamten von ihren Problemen, von der manchmal unehrlichen Kundschaft im Dorf und bat um baldige polizeiliche Unterstützung.

Ruhig hatte der Polizeimeister zugehört und sofort die Straftat gewittert. „Das bekomme ich hin". „Ich werde es machen und helfen, natürlich nur von Amtswegen. Korrekt gekleidet machte sich der Dorfpolizist, der sich auch als Polizeichef hier im Dorf empfand, mit dem Dienstfahrrad sofort auf den Weg zu der von Helene angegebenen Adresse. Freundlich, aber mit strengem amtlichen Blick, stand er dann vor der Person und erklärte mit knappen Worten sein Kommen. Er sei hier um nach einem ganz bestimmten Buch zu suchen, einem Buch aus dem Bestand der Buchausleihe Hallus. Der Ausleihetermin sei lange überschritten und es wurde nicht zurück-gebracht.

Der Beamte blätterte nur kurz in dem vor ihm liegenden Druckwerk. Er wusste doch worauf er zu achten hatte. Helene Hallus hatte es ihm genau erklärt. Gezielt suchte er nun nach bestimmten Buchseiten. Schnell stellte er fest, dass es sich bei diesem Exemplar um eines aus der Ausleihe handelt. „Das hier ist ein Buch von Frau Hallus", kurz und klar sind die Worte des Beamten. Nein, das könne aber nicht sein, behauptet oft der angesprochene Kunde, dieses Buch sei sein Eigentum.

Ärger stieg dann sofort in ihm auf und seine Haltung wurde amtlich. Kerzengerade stand er vor der Person und sein Gesicht versteinerte sich zusehends. Auch seine Stimme war kaum noch zu erkennen, sie hatte an Härte zugenommen. Der Polizeimeister war sich sicher, er wusste doch genau worauf er zu achten hatte und kannte Helenes pfiffige Vorsorge für solch einen Fall.

Alle ihre Leihbücher hatte sie nämlich auf den Seiten 1 und 50 mit dem Stempel der Leihbücherei versehen und dadurch eindeutig als Eigentum der Bücherei gezeichnet. War nun der Stempelabdruck zu sehen oder eventuell diese Seiten herausgerissen, beschlagnahmte der Dorfpolizist sofort das Buch, sprach einen Verweis aus und brachte es ein wenig stolz auf sich zu Helene Hallus zurück.

Im 630iger

Ohne ihn wäre das Leben hier auf dem Lande, am Rande des Teufelsmoores, sicherlich viel umständlicher und schwerer, eigentlich undenkbar. Besonders dann wenn man kein Auto besitzt oder es nicht benutzen möchte. In diesem Fall ist sich das ältere Ehepaar durchaus mal einig. Weite Strecken fahren wir ja nicht mehr so gern mit unserem Auto, es sei denn, dass es einen ganz besonderen Grund hat. Aber so einen besonders wichtigen Grund, vielleicht in die Stadt fahren zu müssen, gibt es ja nur noch selten. Aber wenn es dann doch mal sein muss, nehmen wir halt lieber öffentliche Verkehrsmittel. Zu unserem Glück gibt es doch den 630iger. Durch ihn haben wir keine Mobilitätsprobleme.

Noch vor einiger Zeit, es ist gar nicht so lange her, taten wir uns mit den Abfahrtzeiten besonders schwer, wir haben sie immer vergessen. Inzwischen ist das Problem gelöst. Meine Frau und ich haben diese inzwischen schnell gelernt. Es war wirklich leicht. Stündlich nämlich fährt der

630iger.

Anfangs hatten wir uns die Abfahrzeiten noch notiert, so als Gedankenstütze, das ist sicherer dachten wir. Inzwischen klappt es aber auch so, problemlos.

Meine Frau benutzt den Bus allerdings schon lange nicht mehr. Sie weigert sich. So muss ich es bei wichtigen Terminen in der Stadt immer allein tun. Diese Fahrten lassen sich halt nicht umgehen. Einmal im Jahr, immer im November, ist so ein Tag, dann muss ich unser Dorf verlassen. Natürlich nehme ich dann öffentliche Verkehrsmitteln, weil mit dem Auto in die Stadt zu fahren traue ich mir nicht mehr zu. Immer benutze ich den 630iger, gewöhnlich den gegen Mittag. Natürlich würde ich zu gern meine Frau Elfriede mitnehmen, aber Friedchen, wie ich sie seit 50 Jahren immer nenne, weigert sich permanent.

„Mir ist so eine Tagesunternehmung einfach zu anstrengend geworden", sagt sie.

Gut, sie ist nicht mehr so flott auf den Beinen, und das Laufen fällt ihr dadurch schwer, aber ihre größte Sorgen ist, dass sie nach den vielen anstrengenden Stunden in der Stadt bei der Heimfahrt keinen Sitzplatz im 630iger bekommt. Das lange Stehen in einem schaukelnden Bus verträgt sie nicht.

Schon seit längerer Zeit hat sie ja auch ganz schlimme Gleichgewichtsprobleme.

„Die jungen Leute werden dir bestimmt ihren Sitzplatz anbieten, die nehmen doch Rücksicht auf ältere Menschen, die wissen doch was sich gehört", so versuchte ich schon mehrmals in gewissen Abständen Friedchen zum Mitfahren zu überreden.

„Nein, du brauchst es gar nicht mehr zu versuchen, daran glaube ich nicht. So etwas gibt es heute nicht mehr", antwortet sie sehr hartnäckig. „Die jungen Leute von heute sehen und bemerken die Alten überhaupt nicht, weil sie es von ihren Eltern nicht gelernt haben. Sie wurden von ihnen, als sie noch klein waren, nicht darauf hingewiesen und machen sich deshalb auch keine Gedanken, dass man so etwas tut".

Natürlich resigniere ich, muss mich einfach damit abfinden. Und so fahre ich, notgedrungen immer allein. Allerdings nur noch wenn es wirklich dringend notwendig ist.

Heute ist also wieder so ein Tag. Diesen jährlichen Termin muss ich unbedingt einhalten. Ich muss nämlich zur Krankenkasse, und das ist besonders wichtig für uns Rentner und lässt sich deshalb nicht

umgehen.
Aber, ich muss es ehrlicherweise gestehen, schon lange vor diesem Tag denke ich oft im Stillen an die immer ganz besonders nervige Rückfahrt am späten Nachmittag.

Erschöpft von dem extrem anstrengenden Gespräch mit dem viel zu schnell sprechenden Sachbearbeiter der Krankenkasse, bei dem ich so wie so nicht alles verstanden habe und durch die elende Lauferei. sehne ich mich regelrecht nach der Ruhe in meinem Dorf.
Aber noch steht mir ja die Rückfahrt mit dem 630iger bevor.
Wie gern möchte ich in meinem Sessel zu Hause sitzen, träumend aus dem Fenster schauen, an nichts denken und nur die Wolken beobachten.

Gern bin ich hier nicht am Bahnhof. Es lässt sich aber nicht umgehen, hier warte ich auf den Bus. Das wuselige, pulsierende Leben, dass mich an einen großen Waldameisenhaufen erinnert, beunruhigt mich jedes mal regelrecht. Dieses unübersichtliche Hasten und Gerenne macht mir durchaus Probleme. Es ist mir alles viel zu schnell, viel zu hektisch und zu unübersichtlich. Es nervt mich wirklich.

Es ist kalt an diesem Novembertag – bitterkalt. Der Atem der Menschen bildet Wolken in der klaren Luft. Sie stehen dicht bei einander, jetzt zur Feierabendzeit, ruhig und geduldig, unterhalten sich teilweise. Alle warten auf den 630iger. Aber, und das fiel mir sogleich auf, heute ist es hier an der Bushaltestelle anders als gewöhnlich.

Es ist ja nicht das erste mal, dass ich mit dieser Linie fahre.
Und so stehe ich als niedersächsischer Rentner, inmitten dieser Menschentraube. Ich bin total erschöpft und hoffe natürlich im Geheimen auf einen Sitzplatz im 630iger. Natürlich ist mir durchaus bewusst, dass um diese Tageszeit der Bus immer total ausgelastet ist. Sitzplätze gibt es dann kaum noch zu erhaschen.

Besonders heute, ich habe wirklich keine Erklärung dafür, kommt mir die Wartezeit furchtbar lang vor, sie will kein Ende nehmen. Für Abwechslung sorgt ein wenig plaudern, denke ich so für mich. Es hilft und verkürzt unbemerkt dabei die Wartezeit.
Der Zufall wollte es, dass direkt neben mir

ein freundlicher, junger Mann steht. Wir unterhalten uns, inzwischen schon eine ganze Weile miteinander. Olaf heiße er, so hat sich mein Gesprächspartner vorgestellt, und er komme aus Otterstein. Anfangs begann das Gespräch etwas schleppend, mit nur wenigen Worten, dann aber sprachen wir ohne Pause, allerdings immer nur über Fußball, meistens über Werder.

Es gibt also doch noch junge Leute die einen umgänglichen angenehmen Charakter haben, dachte ich so im Stillen für mich. Dieser junge Mann fällt wirklich aus dem Rahmen. Er machte sofort einen freundlichen, liebenswerten Eindruck auf mich. Seine Augen sind die eines guten Jungen, ging mir spontan durch den Kopf. Bestimmt hat er ein edles Gemüt. Der weiß sicherlich was sich gehört. Seine Eltern haben ihn bestimmt so gut erzogen, dass er sich nett unterhalten kann und bei Bedarf auch älteren Menschen seinen Sitzplatz im Bus anbietet, genau so wie wir es früher gemacht haben als wir noch jung waren.
Meine Eltern, und da besonders meine Mutter, haben immer darauf bestanden. „Steh bitte auf und lass den älteren Herrn sitzen", hat sie immer zu mir gesagt, daran

kann ich mich gut erinnern.

Man konnte den 630iger schon aus weiter Entfernung erkennen, unverkennbar. Endlich, die Wartezeit hat nun ein Ende.
Eine merkwürdige Unruhe erfasste spontan die Wartenden. Zusehends veränderte sich die Situation an der Haltestelle. Nervös liefen die Wartenden hin und her, immer nur meterweise, wie verunsichert. Auch Olaf, mein junger Gesprächspartner, veränderte sich zusehends als der Bus langsam zum Stillstand kommt. Sein Redeschwall verstummte sofort und der freundliche Ausdruck schwand aus seinem Gesicht. Sein bisher angenehm geprägter Charakter war nicht mehr zu erkennen. Das Liebenswerte an ihm war verschwunden. Er verwandelte sich offensichtlich in einen anderen Menschen, kaum das der Bus hielt. Ich erkannte den jungen Mann nicht mehr wieder.

Gehetzt wirkend, drängelt er sich, die Ellenbogen einsetzend, in Richtung der schon geöffneten Bustür. Ohne Rücksicht, er musste unter allen Umständen als erster den Platz an der Tür erreichen. Sein Blick ist starr geworden; die Augen sind zu einem schmalen Spalt zusammengekniffen, ungeheuer aggressiv sah er nun aus. Offensichtlich sorgt und misstraut er wohl seinem Glück.

Ob alt, ob jung - niemand hat gegen ihn eine Chance. Entgegenkommende, die aus dem Bus aussteigenden Menschen, werden von ihm einfach stumpf an die Seite gedrückt. Ich erkannte meinen gerade noch so freundlichen Gesprächspartner nicht mehr wieder.

Proteste und verbale, vorsichtige Zurechtweisungen anderer Fahrgäste, ignoriert er einfach, sie lassen den jungen Mann offensichtlich unberührt. Furchteinflößend ist inzwischen die dick angeschwollene Zornesfalte auf der Stirn. Sie scheint einige Umstehende regelrecht zu erschrecken.

Vehement rangiert er seinen bulligen Körper durch den Fahrzeuginnenraum. Er hat nur ein Ziel vor Augen, einen der wenigen freien Sitzplätze im hinteren Bereich des um diese Tageszeit immer recht vollbesetzten 630igers.

Ich als Rentner aus dem Dorf am Rande des Teufelsmoors, hatte den Einstieg in den Bus natürlich nicht schnell genug geschafft. Meine Körperkräfte und mein Durchsetzungsvermögen waren einfach zu gering.

Ich war nicht schnell genug. Ein Sitzplatz war deshalb nicht mehr zu erreichen.

Nun stehe ich, mich an einer Stange krampfhaft festhaltend, im Mittelgang des 630igers. Das stehen im Bus fällt mir auch heute wieder recht schwer und mir ist durchaus bewusst, dass ich nun bis zu meinem Heimatdorf die Fahrt stehend beenden muss. Ich quäle mich sehr.
Gern hätte ich einen Sitzplatz gehabt. Aber leider sind sie durch Schnellere alle besetzt. Bei diesen Gedanken fällt mir plötzlich Olaf ein, und ich überlege kurz ob ich Blickkontakt zu ihm aufnehmen soll. Vielleicht, hoffte ich kurz, steht ein wohlerzogener junger Bursche für einen alten Mann von seinem Sitzplatz auf um ihm diesen anzubieten.

„Nein, du drehst dich nicht um". Denn in diesem Moment fielen mir Trudchens Worte ein. Ja, sie hatte doch Recht gehabt, Rentner werden heute einfach übersehen. Rücksichtnahme gibt es bei den jungen Leuten offensichtlich nicht mehr. Nein, das gibt es heute nicht mehr.
Aber, so denke ich, man kann es ihnen nicht vorhalten, sie haben es einfach nicht

gelernt. Die Generation unserer eigenen Kinder trägt die Schuld. Sie haben es diesen jungen Leute nicht beigebracht.

Immer wieder während der langen Busfahrt schüttele ich ungläubig den Kopf, ich kann meinen Irrtum einfach nicht glauben. Wie kann sich ein vermeintlich wohlerzogener, junger Mann so schnell verändern.

Langsam verringerte sich die Fahrgeschwindigkeit und der Bus kommt zum Stillstand. Ich hatte mein Dorf, mein Ziel erreicht. Stocksteif vom lange stehen, suche ich krampfhaft den Haltegriff neben der Tür, ich tue mich durch meine unbeweglich gewordenen Beine schwer beim Aussteigen. Müde verlasse ich den 630iger. Dabei fiel urplötzlich Olaf ein.

Sollte ich mich zu ihm umdrehen, mich durch ein kurzes Winken bei ihm verabschieden ?
Ich zögerte nur kurz, mein Entschluss stand sofort fest. Nein, ich drehe mich nicht zu ihm um, ich werde nur nach vorn schauen, ich mag ihn nicht mehr ansehen.

Der Anzugkauf

Nur widerwillig machte er diese Einkaufsfahrt über Land mit. Er wehrte sich von Anfang an, sperrte sich permanent, war der Meinung, dass es überhaupt nicht nötig sei. Aber seine Frau redete mit Engelszungen auf ihn ein, gab immer wieder Hinweise auf die Tage der kommenden Festlichkeiten. Paul Gramer zögerte lange, kämpfte schwer mit sich. Schließlich aber gab er doch nach, wollte natürlich so auch den unvermeidlichen Hauskrach verhindern. Er willigte also im September 1981 ein und

fuhr mit zum Anzugkauf.

Freundlich und einfühlsam bemühte sich der Verkäufer von Anfang an. Mit feinem

Fingerspitzengefühl und vorsichtigem, geschultem Reden versuchte er die schon beim Betreten der Abteilung bestehenden Spannungen abzubauen. Routiniert zog er auch die Begleitperson in das Gespräch mit hinein, und erhoffte sich so wohl periphere Hilfe.

Flink pendelte er pausenlos zwischen den Anzugständern und der Umkleidekabine, und versucht mit gutem Blick etwas Passendes zu finden. Er lief und lief, bemühte sich aufopferungsvoll. Immer wieder gibt er fachliche Hinweise zu dem gerade gebrachten Modell, wollte wohl dadurch den missmutigen, älteren Kunden überzeugen. Er versuchte alles, hoffte mit unterschiedlichen Farben und Stoffmustern das Richtige zu treffen. Aber er hatte keinen Erfolg. Auch das Wechseln der Stilrichtungen, mal probierte er es mit einem Einreiher dann mit dem Zweireiher, brachte nicht das Erwünschte.

Zwei Stunden, vielleicht auch mehr, war er hin und her gelaufen. Hatte wohl zehn verschiedene Anzüge zur Anprobe gebracht, hat pausenlos geredet und versucht dem Kunden das angebotene schmackhaft zu

machen. Ohne Erfolg, Herr Gramer nörgelte pausenlos und war unzufrieden.
Fein geschult überhörte der Verkäufer einfach die missmutigen Worte des kleinen, korpulenten Herrn. Doch ganz langsam zeigte auch der Verkäufer Nerven. Es war ihm nämlich kaum noch möglich den störrischen Kunden bei Laune zu halten.

Paul Gramer war nicht zu überzeugen. Von Minute zu Minute wurde seine Stimmung immer schlechter. Er war ja nicht mehr der Jüngste und die anstrengenden Anproben hatten ihn müde werden lassen. Erschöpft setzt er sich auf den kleinen Hocker in der Kabine, nein, jetzt wollte er nicht mehr. Er erklärte für sich den Anzugkauf ab sofort als beendet.

Durchaus resolut aber freundlich tritt er schließlich aus der Umkleidekabine und geht lächelnd auf den verzweifelten Verkäufer zu. Klar und fest ist seine Stimme als er in anspricht: „Wissen sie was junger Mann, ich habe keine Lust mehr, 12 Anzüge habe ich jetzt schon anprobiert, keiner hat mir gefallen und außerdem sind alle bei Leffers in Bremen um 50 Mark billiger".

Bedenkliche Sehschwäche

Sie tun es jedes Jahr. Meistens im August. Auch in diesem sind sie wieder unterwegs, für mehrere Tage auf Tour.
Alle sind bereits seit Jahren im Rentenalter, fühlen sich aber noch fit und denken überhaupt nicht daran sich nach einem versorgten Heim umzusehen.
Sie trotzen den schmerzenden Gliedern, und versuchen der schon langsam eintretenden Gelenkversteifung ein Schnippchen zu schlagen. Einige haben sich aus diesem Grund neue Fahrräder gekauft, Damenräder, fürs sichere Auf- und Absteigen und als Krafthilfe schon mit E-Motor.

Nun wollen sie den Jadebusen umrunden. Das Wetter passt, sie haben wieder großes Glück. Bei diesem Sonnenschein macht es riesig Spaß mit dem Rad zu fahren. Immer wieder bleiben sie stehen, rasten und genießen die wunderbare Natur. Natürlich geben sie es nicht zu, aber sie sind schon wichtig, die kleinen erholsamen Pausen.

Gerade stehen sie wieder ruhig plaudernd auf dem Deich und sind fasziniert von dem beeindruckenden Blick auf den Meerbusen. Durch das tolle Wetter haben sie eine besonders klare Sicht auf den nahen Strand und das ruhige Wasser.

Wie immer schwatzen sie durcheinander. Belangloses meistens, als eine völlig überraschende Bemerkung von Peter das allgemeine Interesse weckte.
Freudig strahlend bemerkt dieser nämlich, obwohl durch seine enorme Körpergröße eigentlich mit bester Sicht ausgestattet, voll ernsthafter Bewunderung: "Oh, hier ist ja ein schöner Campingplatz, und direkt am Meer gelegen, das ist ja toll. Das gefällt mir sehr gut. Nur seltsam, dass die Zelte so klein sind". Geschockt über seine Äußerung mussten sie feststellen, dass zu seinen bekannten orthopädischen Schwierigkeiten, über die sie sich oft lustig machen, nun offensichtlich noch ein bedenkliches Problem bei seiner Sehkraft aufgetreten ist.

Grenzenlose Verwunderung herrscht bei den Freunden. Einfühlsam und durchaus mitfühlend fragt schließlich einer von ihnen: "Aber, Peter, wo ist denn hier ein Campingplatz, und wo sind die vielen kleinen Zelte"?
"Ja, seht ihr es denn nicht, da, direkt vor uns," antwortet Peter. Offensichtlich schon

ein wenig verärgert zeigt er mit ausgestrecktem Zeigefinger nochmals auf das was er vor sich sah.
Jetzt trat totale Stille bei den Freunden ein. Ihre große Sorge um Peter dämpfte schlagartig das anfangs einsetzende Gelächter. Sie machten sich nun ernsthafte Gedanken.

Nein, sie sahen den Campingplatz mit den kleinen Zelten wirklich nicht. Sie sahen nur einen schönen Sandstrand mit vielen bunten Strandkörben.

Blumen zur Goldenen Hochzeit

Sie mochten sich als Kinder schon und waren einfach unzertrennlich. Täglich spielten sie zusammen und gingen auch, immer Hand in Hand, gemeinsam zu den Übungsstunden des hiesigen Turnvereins. Und ihre Jahre als Jugendliche waren geprägt durch so manche Stunde in der Kirchengemeinde in der sie später auch geheiratet haben.

Glückliche Jahre haben sie zusammen verlebt, die nun in wenigen Monaten ihren Höhepunkt bekommen sollen. 49 Jahre sind Marleen und Alfred nämlich schon verheiratet, lange, beinahe fünf Jahrzehnte. Sorglos war die Zeit. Sicherlich hat auch das besonders angenehme Verhältnis zu den Nachbarn dazu beigetragen.

Zu schnell ist die Zeit allerdings vergangen, finden sie, aber es war doch schön. Es sind Gedanken die ihnen immer öfter kommen. Das Ehepaar redet inzwischen in immer kürzeren Abständen darüber, und besonders über ihre in einem halben Jahr anstehende goldene Hochzeit.

Eigentlich graust ihnen ein wenig davor. Sie sind bei diesem Thema total verunsichert. Wissen nicht wie sie es gestalten sollen. Das ist doch nichts Besonderes sagen die um Rat befragten Freunde, die eine goldene Hochzeit schon hinter sich haben. Trotzdem, es soll ja alles gut und schön werden. Ja, sie machen sich enorm viele Gedanken und fühlen sich der Familie und auch den Nachbarn verpflichtet. Sie wissen, dass so ein Ereignis im Dorf allgemeinen groß gefeiert wird.
Dieser Tag lässt sich nicht umgehen. Ein solches Fest muss hier im großen Kreis gefeiert werden.
Aber, wir haben noch genügend Zeit zu planen, es dauert ja noch einige Monate. Die beiden trösten sich oft gegenseitig. Doch die Zeit läuft, sie müssen mit dem Planen beginnen. Täglich machen sie sich nun Gedanken über den Ablauf dieser großen Feier.

Es ist der 18. August 2011, der Tag der Goldenen Hochzeit, als es kurz vor Mittag an der Haustür des Einfamilienhauses klingelt. „Wer kommt denn um diese ungewöhnliche Zeit zu mir, ich erwarte niemanden", murmelt Alfred auf dem Weg

zur Tür leise vor sich hin. Verwundert und ein wenig gedankenverloren geht er also zum Hauseingang, öffnet und sieht eine Frau mittleren Alters davor stehen. Sie hält ein großes Blumengebinde im Arm. Freundlich, ihm die Hand und den Blumenstrauß reichend, stellt sie sich mit den Worten vor: „Ich bin die neue Pastorin ihrer Kirchengemeinde und ich bin gekommen um ihnen und ihrer Frau ganz herzlich zum heutigen großen Tag, zu ihrer Goldenen Hochzeit, zu gratulieren".
Bewegungslos steht der Rentner im Türrahmen. Unfähig ein Wort zu sagen. Ein riesiger Kloß im Hals verhindert spontan das Reden. Alfred kann kaum einen klaren Gedanken fassen. Schwer kämpft er mit sich, ringt um Fassung. Nach einiger, gefühlt wohl unendlich langen Zeit, hat er sich schließlich wieder im Griff.

Total überwältigt schaut er die junge Pastorin an und mit noch immer zitteriger Stimme bedankt er sich schließlich mit den Worten: „Es ist ja schön, dass sie an uns gedacht haben und gekommen sind um uns zu beglückwünschen, aber leider ist meine Frau schon vor mehr als vier Monaten verstorben".

Ein herausragendes Superangebot

Sie gehört zu meinem Tagesrhythmus einfach dazu, die Elf-Uhr Teezeit. Dann sitze ich ganz still am Küchentisch, döse vor mich hin und denke an nichts Besonderes. Aber im Unterbewusstsein warte ich immer auf den Postboten.
Obwohl ich es eigentlich besser weiß, bin ich trotzdem in großer Erwartung und hoffe auf angenehme Post, so wie es früher einst war. Ein kurzer Blick in den Briefkasten genügte damals meistens um die Herkunft der bunten Post zu erkennen. Ein wenig träume ich noch davon.

Aber, das ist schon ewig lange her, das ist schon vergessen, diese Post bekommt man heute nicht mehr. Die Zeit der bunten Kartengrüße aus dem Urlaub oder zum Geburtstag ist leider vorbei.
Analoges schreiben ist nämlich nicht mehr modern, vielleicht auch zu umständlich. Gepostet, wie es ja nun heißt, wird heute schnell und einfach mit dem Smartphone, digital.
Plötzlich aber höre ich ihn doch, den Briefträger. Was mag er heute bringen, bestimmt nichts Aufregendes. Sicherlich ist es doch nur nervige, ärgerliche Werbung. Allgemeine Angebote sind es immer, von unbekannten Anbietern.

Manchmal aber freue ich mich doch wenn ich schöne Prospekte im Briefkasten vorfinde. Über tolle Hochglanzseiten die wirklich schick und wertvoll aussehen und manchmal auch lustig zu lesen sind.
Besonders jetzt zu Frühlingsbeginn wird mit Traumurlaubsangeboten für die kommende warme Jahreszeit geworben. Mit Sommerevents und mit großen Rabatten. Kuscheltage zum halben Preis werden angepriesen, verbunden mit einer Woche Golf spielen. Und die Alpenländer werben für die Junggebliebenen mit einzigartigen Naturer-

lebnissen. Sie preisen Fitness-Wandern auf verschiedene Almen an, gekoppelt natürlich mit dem angenehmen Seilbahnwanderpass für den Aufstieg, für den der sich nicht quälen mag. Und als kostenlose Zugabe während des Wanderns bekommt man die gute und besonders gesunde Zillertaler Bergluft, zum genießen.
Toll empfand ich neulich auch das Angebot zum Entschlacken und zur schnellen Gewichtsverringerung. Erreicht wird das ganz leicht nur durch das tägliche trinken des großartigen, Zillertaler Bergkristallquellwassers. Es ist besonders gut für die Gesundheit, und macht fit, schreibt dazu eine gewisse Tanja von der Rezeption.

Aber ganz besonders beeindruckt hat mich allerdings neulich das bunte Angebot welches meinen Briefkasten ausfüllte: „Liebe Gäste, und für den kommenden Herbst bieten wir ihnen ein ganz außergewöhnliches Erlebnis zur Erhaltung ihrer Gesundheit an. Es ist ein herausragendes Superangebot und gilt für ihre ganze Familie aber nur in unserem Haus. Zum halben Preis, bekommen sie eine Woche Fastenwandern mit Vollpension"!

Beinahe aus der ganzen Welt

Auf unbekannten Wegen kommen sie zu uns und bevölkern inzwischen unser Land. Genaue Zahlen kennt man nicht. Meistens werden sie von Schleusern im Massentransport, illegal ohne Kontrolle und Papiere, nach Deutschland gebracht. Allein schaffen sie das nämlich nicht. Bestimmt ein großartiges Geschäft für die, die sich darauf spezialisiert haben.
Geht doch nicht, denke ich. Was wollen die alle hier? Sie machen sich bei uns breit als hätten wir nicht schon genug von ihnen. Wir können doch nicht jeden durchfüttern und außerdem haben wir doch schon genug von ihnen hier, finde ich. Unser Platzangebot ist schließlich durchaus begrenzt.

Neulich habe ich dieses Thema mal im Freundeskreis angesprochen. Ich wollte einfach nur mal hören ob mir einer von ihnen vielleicht erklären kann warum man zum Beispiel die aus Griechenland oder Portugal bei uns aufnehmen muss. Und inzwischen kommen sie ja auch schon aus Rumänien oder Thailand. Diese Länder sind sicherlich froh sie los zu sein. Sie ersparen sich Ärger

und Kosten. Aber ist das eigentlich unser Problem?
Bitte versteht das aber nicht verkehrt, habe ich zum Abschluss meinen Freunden jedoch deutlich zum Ausdruck gebracht.

Bleibt, wo Ihr seid, sollte man ihnen eigentlich zurufen. Doch dieses Vorhaben wäre zwecklos, denn sie verstehen unsere Sprache leider nicht.
Hunde sind es nämlich, eingefangene Streuner. Sie kommen als Gefangene hier her, ungefragt ob sie damit einverstanden sind ihr Dasein als Straßenhunde aufzugeben. Bemitleidenswert sind sie durchaus, finde ich, haben sie doch ihr freiheitliches Leben in ihrer Heimat verloren.
War das eigentlich so furchtbar schlecht dort, mache ich mir Gedanken. Ist ihre Lebenssituation wirklich immer so grausam, wie es oft von den Tierfreunden hier dargestellt wird?
Vielleicht ist ein Leben in Freiheit auf der Straße für sie lebenswerter als in einer Blockwohnung eingesperrt zu sein.
Von Hundeliebhabern oder selbsternannten Tierfreunden werden sie oft für viel Geld erworben. Stolz erzählen sie dann überall: „Ich habe einen armen Straßenhund ge-

rettet und mit dem Flugzeug aus Thailand abgeholt". Jeder soll wohl von der guten Tat, einen verhaltensgestörten armen Straßenhund aus dem Ausland gekauft zu haben, wissen. Ob wohl auch dieser Tierfreund an den 12-Stundenflug, den das Tier im Käfig eingesperrt überstehen muss, gedacht hat?
„Natürlich, er bellt ein bisschen viel, aber das ist doch ganz normal. Er musste sich doch als Straßenhund immer durchsetzen. Aber es wird sich sicherlich bald geben, sobald er unsere Sprache beherrscht", erklären sie wirklich gefühlvoll.
Und mit der Hilfe eines Hundetherapeuten und dem Besuch in einer Hundeschule soll er nun alltagstauglich gemacht werden. Das arme Tier soll es doch gut haben. Ja, sie sind unglaublich stolz auf sich.

Dabei gibt es doch bei uns in unseren total überfüllten Tierheimen genügend verlassene Hunde die auf eine liebe Hundemama warten. Aber vielleicht klingt das nicht so gut.

Danach hast du nicht gefragt

Mit seinem Einspänner ist der Bauer Johann Husman auf der Rückfahrt. Er kommt vom Melken und war auf seiner Weide in den Wischen. Dort hatte er sich, wie jeden Tag, um seine sieben Kühe gekümmert.
Zusammengesunken, mit leerem Blick, sitzt er auf dem Wagen. Er ist sehr bedrückt. Sorgen belasten sein Gemüt. Natürlich war es ihm sofort aufgefallen. Else, seiner Lieblingskuh, geht es nicht gut. Sie lag auf dem Gras und wollte nicht mehr aufstehen. Er weiß es natürlich aus Erfahrung, die Kuh ist krank. Johann ist durchaus als pfiffig im Dorf bekannt, aber in diesem speziellen Fall weiß er sich nicht recht helfen. Er hat keine Lösung parat.
Aber, ging ihm plötzlich durch den Kopf, vielleicht kann mir mein Nachbar Adolf helfen. Adolf kennt sich aus, er wird es bestimmt wissen.
Nur kurze Zeit später steht Johann bei dem Nachbarn auf dem Hof. Adolf ist gerade bei seinen Kühen im Stall als Johann ihn besorgt um Hilfe bittet: "Du Adolf, meiner

Lieblingskuh Else geht es nicht gut, sie liegt nur noch den ganzen Tag. Sie ist bestimmt ganz krank. Aber ich weiß nicht was ich mit ihr machen soll. Vielleicht weißt du Rat".

„Einer deiner Kühe ging es doch vor einiger Zeit auch nicht so gut, was hast du denn mit ihr gemacht, was hast du ihr denn gegeben als sie so krank war"? "Ach, Johann, antwortet der freundliche Nachbar lächelnd, ich habe es mit verdünntem Salmiak-Geist versucht". Johann ist zufrieden und beruhigt, bedankt sich und verabschiedet sich bei seinem Nachbarn. Schnell besorgt er sich die Wundermedizin und eilt zu Else, seiner Kuh, um ihr das gute Heilmittel zu geben.

Eine Woche später steht Johann traurig wieder auf dem Hof seines Nachbarn. "Du Adolf, klagt er, das Mittel hat nicht geholfen, jetzt ist meine Kuh tot."

„Siehst du Johann, antwortet Adolf, meine Kuh ist damals auch gestorben." „Aber warum hast du mir das denn nicht gesagt, dass das Heilmittel nicht geholfen hat", Johann ist empört.

Freundlich und ruhig antwortet Adolf: „Nun Johann, danach hattest du mich ja nicht gefragt".

Eine Kohlfahrt - oder Hermanns herzliche Bitte

Sie machen es jedes Jahr, immer zu Beginn der Winterzeit. Das ist seit Jahren Tradition bei ihnen. Schon viele Wochen vorher freuen sie sich auf die gemeinsame Kohlfahrt. Sie haben ja keine Arbeit damit und das ist angenehm. Denn wie jedes Jahr ist auch in diesem wieder alles komplett organisiert. Noch nie gab es Probleme, denn Hermann kümmert sich um alles.

Obwohl die umfangreichen Arbeiten und Überlegungen für so ein Fest innerhalb der Männergemeinschaft durchaus aufgeteilt werden könnten, übernimmt Hermann immer freiwillig diese planerischen Aufgaben. Er macht es einfach gern und die Freunde wissen, dass dann alles perfekt organisiert ist. Jeder soll doch diesen Tag genießen, soll seinen Spaß haben. So sind Hermanns edlen Gedanken.

Um sich von seiner schon früh im Jahr beginnenden Unruhe zu befreien, hat er deshalb schon im August diesen besonderen Termin im Borgfelder Landhaus bereits angemeldet und gebucht.

Das Jahr geht langsam zu Ende und der Termin rückt immer näher. Hermann leidet. Er wird immer nervöser. In jeder freien Minute geht ihm der Ablauf dieses Tages durch den Kopf. Immer wieder spielt er gedanklich alles durch, es soll doch nichts schiefgehen. Beinahe täglich kümmert er sich nun um das Schmücken und Beladen des kleinen, aus einem Kinderwagenuntergestell und einem Kastenaufsatz, selbstgebauten Bollerwagen. Schon vor ein paar Tagen hat er diesen, zusammen mit dem übergroßen Schaumstoffwürfel und dem Meterbrett, auf dem vier Schnapsgläsern angeklebt sind, aus seinem Gartenhaus geholt und gereinigt. Ganz wichtige Utensilien für diesen Tag, findet er. Natürlich hat er alles auch auf akkurate Funktionalität und Festigkeit überprüft.

Es ist kalt an diesem Tag im Januar 1987- bitterkalt. Ein wenig Schnee ist über Nacht auch gefallen. Die Sonne die ab und zu aus den Wolken blinzelt, wärmt aber kaum die muntere Gesellschaft die sich am Nachmittag in Horn, fröstelnd auf dem Parkplatz des Kaufhauses Lesart, trifft. Geduldig warten sie hier auf den Bus der BSAG.

Sie stehen ganz eng zusammen, und schützen sich so gegenseitig ein wenig vor dem doch scharfen Wind der aus östlicher Richtung über den freien Platz fegt. Der Atem der Freunde bildet kleine Wolken in der klaren Winterluft. Eigentlich ist es das perfekte Wetter für unser Unternehmen, stellen sie mehrmals einstimmig fest. Sie fühlen sich wohl.

Dem Parkplatz genau gegenüber schlug gerade in diesem Moment die Kirchturmuhr des Friedhofs die volle Stunde. Das war das Zeichen für die Kohlfahrer sich auf den Weg zur Bushaltestelle an der Heerstraße zu begeben. Sie wussten, dass sie nun nur noch eine kurze Zeit auf die Linie 30 warten müssen.

Zusammen mit ihren Frauen fahren die Mitglieder einer Horner Fußballmannschaft also nun nach Borgfeld-Mitte.
„Oh wie gut dass niemand weiß wie das heutige Lokal heißt, versucht Hermann schmunzelnd während der Busfahrt zu reimen und dadurch die Spannung zu erhöhen. Nach dem verlassen des Busses werden wir, vielleicht 2 km laufen, so ist es von Hermann geplant. Das Ziel des heutigen

Tages hat er, wie es allgemein üblich ist, allerdings geheim gehalten.

Bushaltestelle Borgfeld-Mitte. Linie 30

Obwohl der Ablauf so einer Veranstaltung beinahe immer gleich abläuft herrscht eine ungewisse Spannung unter den Kohlfahrern. Traditionell geht so einem winterlichen Grünkohl-Vergnügen natürlich eine zünftige Wanderung voraus. Und zur Gesunderhaltung wird an jeder Wegeskreuzung ein Schluck getrunken. Dass dieser unbedingt aus Hochprozentigem bestehen muss, versteht sich von selbst – schließlich ist es kalt und man muss den Magen schon rechtzeitig auf die nachfolgende schwergewichtige Mahlzeit vorbe-

reiten. An diese Regel halten sich natürlich auch gewissenhaft die Horner.
Griffbereit stehen die Schnapsflaschen in dem mit bunten Luftballons geschmückten Wagen. Standsicher sind die hochprozentigen Getränke dort platziert. „Apfelkorn, Roter und Mackenstedter" sind diesmal ihm Angebot. Freundlich aber bestimmend fragt Hermann jeden seiner Freunde nach seinem speziellen Getränkewunsch. Ein „Nein" lässt Hermann an diesem Tag allerdings nicht zu.

Hermann mit seinem Bollerwagen

Gutgelaunt und lustig geht es während der Wanderung zu. Der übergroße Schaumstoffwürfel ist nämlich im Einsatz. Schadenfrohes Gelächter herrscht jedes mal wenn die „Sechs" nach dem Stillstand erscheint und der glückliche Würfler den Weg an das Brett mit den gefüllten Schnapsgläsern antreten muss.

Wirklich witzig sieht es aus, obwohl es doch eigentlich eine großartige Leistung ist wenn die vier Gewinner gleichzeitig aus den Schnapsgläsern, die auf dem etwa 1m langen Brett befestigt sind, trinken müssen. Auf dem eigentlich nicht so langen Fußmarsch zum Borgfelder Landhaus ist jeder Teilnehmer nämlich deshalb verpflichtet eifrig zu würfeln. Abgesprochen ist, dass der, bei dem eine 6 oben sichtbar wird, das große Glück hat einen Schnaps am Brett gesponsert zu bekommen.

Hermann, als Führer des Bollerwagens, ist natürlich auch für das Einschenken der Getränke zuständig. Aus diesem Grund legt er die Schnapsflasche auch nicht mehr aus der Hand, es lohnt sich nicht, findet er. An diesem kalten Januartag ist die Nachfrage nach dem alkoholischen Warmmacher sowieso besonders groß.

Hermann findet dass er als Bollerwagenführer eine besondere Verantwortung für das Transportierte hat und versucht sich deshalb unauffällig etwas im Hintergrund zu halten. Was wäre das für eine Katastrophe wenn der Wagen umkippen würde, denkt er. Aber, es nützt ihm nichts, er muss natürlich auch würfeln. Seine Sportfreunde vergessen ihn nicht. Sie achten peinlich genau auf die Reihenfolge. Alles muss seine Richtigkeit haben, sagen sie. Tragisch ist, dass das Schicksal es immer zu gut mit Hermann an diesem Tag meint. Er konnte das eckige Schaumstoffteil werfen wie er wollte, mal hart mal weich,

mal kurz mal weit, immer lachte ihn die Sechs an. So stand er beinahe ohne Pause tapfer in der Viererreihe am Brett. Wirklich, er konnte sich nicht wehren, er war verurteilt zu trinken. Dieser Fußmarsch mit den ungezählten Sechsen zeigte bei Hermann deshalb schon bald deutliche Wirkung.
Ihm sei schon ganz schummrig vom vielen Würfeln, erklärte er immer wieder.

Schließlich hatten sie das Borgfelder Landhaus erreicht und die reservierten Plätze eingenommen. Ganz überraschend für die muntere Gesellschaft, stand Hermann plötzlich von seinem Platz auf und bat um etwas Gehör. Ein wenig unruhig und instabil in seinen Bewegungen stand er nun vor seinen Fußballfreunden. Er müsse unbedingt vor dem großen Essen und der anschließenden Feier eine kleine Rede halten und dabei eine wichtige Erklärung abgeben. Außerdem möchte er eine herzliche Bitte äußern.

Tief durchatmend sah er in die Runde der Freunde. Jeden schaute er prüfend genau an. Ein verheißungsvolles Feuer blitzte in seinen Augen.
Alle Augen sind natürlich erwartungsvoll auf ihn gerichtet. Gespannt lauscht die Festgesellschaft auf das was nun wohl kommen möge.
Schmunzelnd begann nun Hermann ganz vorsichtig mit den Worten: „Liebe Freunde, da ich durch die vielen gewürfelten Sechsen inzwischen sehr kurz von Gedanken geworden bin, und ich mir des-halb große Sorgen mache, habe ich die herzliche Bitte an euch, mich heute Abend vor dem Nachhause gehen daran zu erinnern, dass ich meine Frau hier nicht vergesse.

Für zwei Dicke zu klein

Eigentlich dachte ich an nichts, döste nur so vor mich hin, schaute auf das ruhige Meer und freute mich auf die Insel. Ich saß ganz still auf dem Salondeck der Fähre als sich plötzlich eine nervöse Unruhe in mir bemerkbar machte. Anfangs konnte ich es gar nicht richtig einordnen. Dann aber war es plötzlich glasklar, es fiel mir wie Schuppen von den Augen, du hast ja dein Smartphone im Auto liegen lassen, und das

auch noch sichtbar auf dem Beifahrersitz. Das geht nicht.

In diesem Moment, gerade als ich mich auf den Weg machen wollte, höre ich die obligatorische Lautsprecherdurchsage der Schiffsführung: „Moin moin, herzlich willkommen auf der Uthlande. Wir wünschen ihnen eine gute Überfahrt nach Wyk auf Föhr". Unmerklich kommt schon eine leichte schüttelnde Bewegung in das Schiff.

Ich darf nicht länger warten, dachte ich, das Handy muss sofort aus dem Auto. Dass es für jeden auf dem Beifahrersitz gut zu erkennen ist, ist hochgradig leichtsinnig. Außerdem benötige ich es doch auch.

Den ersten Gedanken, ganz schnell den Weg vom Salondeck in der 4. Etage hinunter zum Autodeck zu Fuß über die Treppe zu nehmen, habe ich sofort wieder verworfen. Es ist wirklich kein Vergnügen den extrem engen und auch steilen Treppengang zu nehmen. Nein, das ist zu umständlich. Wenn dir da eventuell korpulente Personen entgegen kommen sollten, wird es kritisch. Ein Ausweichen ist dann überhaupt nicht möglich. Ich werde deshalb den Fahrstuhl nehmen, mit ihm geht es schnell und bequem. Es ist ja nur eine kurze Fahrt.

Ein kleiner Fingerdruck auf den unteren Knopf der Tastatur und wenige Sekunden später kommt der Lift geräuschlos angeglitten. Langsam öffnet sich die Schiebetür und gibt so den Blick in sein Inneres frei. Unfassbar, der Schock traf mich auf der Stelle. Wie angewurzelt, beinahe wie gelähmt, bleibe ich vor der Tür stehen, traue mich überhaupt nicht einzutreten. Regungslos starrte ich auf das, was vor mir steht. Ich kann es gar nicht glauben, was ich da sehe. Eine Dame ist es die durch ihren enormen Körperumfang beinahe ganz allein den Platz in der Kabine ausfüllt. Dazu kommt auch noch der vor ihr stehende Trolley. Eigentlich ist kaum noch Platz für eine weitere Person.

„Kommen sie doch ruhig herein junger Mann, sie sind ja schlank, sagt die äußerst korpulente Dame smart zu mir, ich werde mich ganz dünn machen, dann haben wir beide Platz". „Sehen sie, es passt doch gerade noch", säuselt sie als ich mich hineingequetscht hatte.

Eng stehen wir beieinander. Vielleicht fährt sie nur eine Etage tiefer, zu den Toiletten, hoffte ich, dann ist wieder genügend platz. Bis dahin versuche ich die Luft anzuhalten.

Völlig geräuschlos beginnt die Fahrt. Nur an einem leichten Schütteln bemerkt man es. Langsam gleitet der Lift in die nächsttieferen Etagen. Aber, er hält nicht, sondern fährt direkt bis auf das Autodeck hinunter. Gut, das passt ja prima, freute ich mich.

Langsam, beinahe in Zeitlupe, öffnet sich dort die Fahrstuhltür.

Nein, nicht schon wieder. Total geschockt starre ich auf das, was vor der Tür steht und offensichtlich gerade im Begriff ist einzutreten. Das kann doch nicht sein was ich da sehe, es verschlägt mir total den Atem. Vor dem Lift steht wieder eine Frau, die durch ihre enorme Körperfülle komplett die Fahrstuhltür ausfüllt.

Ruhig schaut die Dame, nur ganz kurz, zu uns herein ohne sich zu bewegen. Sie macht überhaupt keine Anstalten einzutreten. Ganz still steht sie, sagt kein Wort. Nur sie versperrt natürlich total den Ausgang. Ein Aussteigen war für mich überhaupt nicht möglich.

Geräuschlos schließt sich in diesem Moment die Fahrstuhltür und der Lift setzt sich aufwärts in Bewegung.

Wie gelähmt stehe ich ganz still und fahre wieder wort- und hilflos nach oben.

„Ach, nun fahren wir zwei doch wieder gemeinsam, säuselt die korpulente Dame aus der Fahrstuhlecke. Freundlich lächelt sie und erklärt: „Es ist ja gerade nochmal gutgegangen, denn für zwei so Dicke ist der Fahrstuhl nun wirklich viel zu eng".

Ich werde einfach beim nächsten Halt aussteigen, denke ich total gestresst, und dann über die enge Treppe nach unten laufen. Es wird bestimmt keine Probleme geben, denn die beiden Damen werden mir nun dort ganz sicher nicht mehr begegnen.

Fahrraddiebstahl

Dieser Sonnabend im Jahre 1981 wird Karl Risse noch lange in Erinnerung bleiben. Im Niedersächsischen hatte er sich morgens für 24 Stunden von seiner Frau Christel verabschiedet und ist mit seinem Auto zum Dienst gefahren, denn Karl ist Feuerwehrbeamter in Bremen.

Zur Zeit besetzt er die kleine Zentrale der Feuerwache 2 in der Bennigsenstrasse.

Dort ist er als Urlaubsvertretung von seinem Chef eingesetzt. eingesetzt. Ganz allein ist er in diesem Raum mit den großen Glasscheiben.

Er sitzt an einem kleinen Pult und beobachtet hier viele kleine Lämpchen und Schalter. Seine verantwortungsvolle Aufgabe ist es nämlich zwei Telefone zu bewachen auf denen Privat- und Dienstgespräche auflaufen können. Stets hellwach muss Karl sein, Müdigkeit darf überhaupt nicht aufkommen. Aus diesem Grund hat sich der Dienstherr auch Gedanken gemacht und für eine Ruhemöglichkeit gesorgt. In einer Nische, hinter einem olivgrünen Vorhang, steht deshalb ein Bett für die Nachtstunden.

Oft schauen seine Kollegen bei ihm vorbei, und leisten auf diese Art und Weise ein wenig Gesellschaft. Sie sind gern bei ihm, Karl ist sehr umgänglich, er gehört zu den ruhigen Zeitgenossen. Auch weiß er immer viel zu erzählen und manchmal stellt er auch ein Schachbrett auf den Tisch. Routiniert schiebt er dann blitzschnell die Figuren auf der gemusterten Unterlage zu recht und sucht sich als Spielpartner einen Kollegen.

Natürlich gewinnt Karl immer. Kein Problem für ihn als Mitglied der Schachsparte des SV Werder Bremen. Dort spielt er in der vierten Mannschaft. Mit großer Regelmäßigkeit und Elan nimmt er leidenschaftlich am Punktspielbetrieb teil.

Heute, an diesem Sonnabend, ist ihm die Fahrt zum Dienst allerdings besonders schwer gefallen. Zu gern wäre er lieber zu Hause geblieben. Denn in der Werder-Vereinshalle, in der Hemelinger Straße, findet heute ein besonderes Schachspiel statt. Die Halle ist Austragungsort des Schach-Pokalspiels der Bundesligamannschaften von Werder Bremen und Solingen. Tragisch für Karl. Zu gern würde er als Zuschauer dabei sein. Er empfindet es beinahe als Schicksalsschlag.

Karl hat sich schon seit Tagen Gedanken gemacht auf welchem Wege es ihm gelingen möge, dieses Spiel nicht zu verpassen. Ich werde einfach mit meinem Chef sprechen, ihn um Hilfe bitten. Vielleicht genehmigt er eine kurze Dienstbefreiung, denkt Karl, pfiffig wie er ist. Und es klappt. Für zwei bis drei Stunden darf er die Wache verlassen. Allerdings mit der Auflage sich zu beeilen, und die Achthundert Meter Wegstrecke aus Sicherheitsgründen nicht mit dem Auto, sondern mit einem Fahrrad zu fahren.

Nur, jetzt hat Karl ein weiteres Problem. Er hat nämlich kein Zweirad. Aufgeregt sucht er jetzt nach einem Drahtesel, sucht einen netten Kollegen der ihm seines leiht. Es ist der junge Feuerwehrmann Michael, der ihm sein ganz neues Rad zur Verfügung stellt. Karl ist glücklich und macht sich sofort und gut gelaunt auf den Weg zur Hemelinger Strasse. Sorgfältig sichert er vor der Halle das geliehene Rad mit dem Ringschloss mit Geheimzahl, das Michael ihm mitgegeben hat, und verbindet den Rahmen mit einer Straßenlaterne. Es soll mit dem guten Stück nichts passieren.

Sogleich schloss sich hinter ihm die Eingangstür zur Sporthalle und beinahe gleichzeitig öffnete sich eine Wagenhallentür der Feuerwache. Ein Ford Transit, ein so genannter kleiner Gerätewagen, besetzt mit zwei Beamten, verlässt gerade die Wache. Die beiden Kollegen, einer davon ist Michael, haben einen geheimnisvollen Auftrag.

Es ging dann alles rasend schnell. Es dauerte nur Sekunden. Das Halten mit dem Gerätewagen vor der Sporthalle, und das blitzschnelle Ausführen des Sonderauftrages. Schon saßen die beiden Beamten wieder in ihrem Dienstfahrzeug. Eine unheimliche Vorfreude erfasste die beiden bereits auf der Rückfahrt.

Spät war es geworden. Voller Ungeduld warten die Kollegen in der Zentrale auf Karl. Dann endlich sahen sie ihn durch das große Fenster. Er kommt allerdings zu Fuß, ganz langsam, mit hängenden Schultern. Wortlos betritt er das Wachgebäude. Total verwirrt wie sein Zustand im Moment war fiel es ihm überhaupt nicht auf, dass sich so ungewöhnlich viele Kollegen in der Zentrale befanden. Sicherlich die halbe Wachbesatzung saß dort und genoss gierig seinen verzweifelten Gesichtsausdruck. „Warum bist du denn nicht mit dem Fahrrad gefahren und bist zu Fuß gelaufen", scheinheilig und hinterhältig waren ihre Fragen. „Ist das Rad eventuell defekt"? Aber er wisse ja, dass sie immer für ihn da seien und so boten sie ihm großherzig ihre Hilfe an.

Karl war fix und fertig, hilflos suchte er nach den richtigen Worten, versuchte den Verlust des Fahrrades zu erklären. Diese Situation war ihm unendlich peinlich.
„Man hat mir das Rad gestohlen, Michael. Ich verstehe es nicht. Ich habe doch alles Mögliche getan, und das Rad mit dem Schloss gut gesichert". „Es tut mir aufrichtig leid". Einfühlsam versuchte Karl den jungen Kollegen Michael zu beruhigen, und versprach ihm, weil er ja nun kein Fahrrad mehr hätte, ihn bei Dienstschluss am Morgen mit seinem Auto nach Hause zu bringen. Dann wolle er sofort seine Versicherung benachrichtigen.

Es war spät geworden an diesem Abend. Inzwischen hatten alle Kollegen die Zentrale schon verlassen, wollten wie sie sagten, sich zur Ruhe begeben. Natürlich gingen sie nicht. Dicht gedrängt standen sie nur wenige Meter von Karl entfernt hinter einem Mauervorsprung und lauschten. Karl kämpfte immer noch mit seinen Nerven, konnte sich die peinliche Angelegenheit nicht erklären. Schlafen konnte er natürlich noch nicht, er grübelte. Doch ich sollte mich ein wenig hinlegen, ausruhen und in Ruhe überlegen.

Ganz in Gedanken hebt Karl seine rechte Hand und greift zum olivgrünen Vorhang, ein Ruck nach links und - er stand vor dem gestohlenen Fahrrad.

Unfähig einen klaren Gedanken zu fassen blickte er staunend auf das was vor ihm steht. Doch schlagartig löst sich seine Körperstarre. Karl entwickelt in diesem Moment ein ungeahntes Temperament.
Jetzt wollte er sich rächen und die Kollegen aus dem Schlaf holen. Mit einem Satz stand er vor dem Pult und drückte sämtliche Knöpfe. Laut dröhnte der Alarmgong und das Alarmlicht erhellte die gesamte Feuerwache.

Nur zwei Worte brachte er hervor als er mit überschnappender Stimme voller Aufregung den Knopf der Rundsprechanlage drückte: „Ihr Schweinehunde."

Ich will doch nicht Bau-Chef sein

Heute ist ein großer Tag für euch, hatte Sonja, die Leiterin der Kita, noch kurz vor dem „Kindergartenrauswurf" zum Abschluss ihrer kleinen Rede zu den Kindern gesagt, als in diesem Moment leise „Time to say Goodbay" aus den kleinen Boxen erklang. Nun beginnt ein neuer Lebensabschnitt. Freut euch auf die Schule, dort lernt ihr schreiben und lesen. Nach dieser offiziellen Verabschiedung war die Kindergartenzeit für diesen Jahrgang zu Ende. Vinzenz konnte das alles nicht begreifen.

Nie mehr sollte er zum Kindergarten gehen, nie mehr auf seinem angestammten Stuhl sitzen und mit Sonja am Tisch spielen. Drei Jahre war es sein fester Platz gewesen. Fünf mal in der Woche. Und heute soll es nun für ihn und die anderen Kinder der letzte Tag gewesen sein.
Nein, das konnte er wirklich nicht begreifen.

Jetzt sitzt er gelangweilt in seinem Kinderzimmer, an seinem kleinen Schreibtisch. Er grübelt über das Kommende, das Neue, die Schulzeit nach. Als in diesem Moment sein Vater ins Zimmer tritt.
„Freue dich Vinzenz, nur noch wenige Tage, dann beginnt die Schulzeit für dich. Dort lernst du schreiben, lesen und auch rechnen", erklärt er seinem Sohn.
Ganz still sitzt der Sechsjährige, offensichtlich macht er sich schwere Gedanken und grübelt, als er seinem Vater antwortet: „Ich weiß wirklich nicht warum ich in die Schule gehen muss, leise spricht er. Ich muss da nicht hin. Ich will doch Bauarbeiter werden".
Eine seltsame Stille herrscht minutenlang im Zimmer. „Sag das bitte noch einmal, was du gerade gesagt hast", Vinzenz. „Ich möchte Bauarbeiter werden, da muss man

nicht schreiben und lesen können, weil die fahren doch nur Fahrzeuge".
„Ach so, und du bist der Ansicht, dass man, wenn man mit den Baufahrzeugen fährt nicht schreiben können muss"?
„Aber, glaube mir, als Bauarbeiter musst du auch schreiben und rechnen können. Wenn du zum Beispiel sehen willst wie hoch eine Mauer werden muss oder wie tief ein Loch zu graben ist. Das musst du doch alles berechnen können".
„Aber Papa, ich möchte doch nur den Bagger fahren".
„So, du willst nur den Bagger fahren, dazu benötigst du aber einen Führerschein. Und wenn du den machen willst und um die Führerscheinprüfung zu bestehen, musst du doch auch lesen und rechnen können. Bei der Prüfung musst du zum Beispiel den Bremsweg eines Fahrzeugs ausrechnen können oder du musst berechnen können wie schwer ein Lastwagen beladen werden darf.
Stille ist eingetreten, Vinzenz ist total verunsichert und verzweifelt als er schließlich trotzig antwortet: „Aber warum muss ich das denn alles können, ich will doch gar nicht der Bau-Chef sein".

Ich muss raus in die Natur

Es soll ja Menschen geben die schwärmen von ihr. Ich nicht. Für mich ist die Winterzeit zum Grausen. Mich nervt schon wenn die Tage überhaupt nicht mehr richtig hell werden wollen. Außerdem ist es mir meistens viel zu kalt und viel zu dunkel. Langweilig und ungemütlich ist es in diesen Wochen draußen in der Natur. Alles versinkt in einem trostlosen Grau, finde ich. Mir fehlt einfach die Sonne und die Wärme. Immer öfter, beinahe täglich, je länger diese Zeit dauert, denke ich an den Frühling und freue mich auf die erfrischenden, köstlichen Stunden in der Natur. Die Vorfreude auf den Wonnemonat Mai und auf das ruhige Genießen im Freien wird täglich größer. Was für ein wunderbares Gefühl überkommt mich, wenn ich nur daran denke. Ich kann es kaum erwarten, bis sie endlich vorbei ist, die triste, dunkle Jahreszeit. Ich muss raus in die Natur.

Jetzt sind sie bald vorbei, die kalten Tage, sie sind gezählt – und endlich bleibt es abends auch wieder länger hell. Jetzt ist es bald wieder so weit, die angenehme

Jahreszeit beginnt. **Ich** sehne mich regelrecht nach mehr Tageslicht und Wärme. Wirklich ich freue mich. Wie angenehm und schön zu wissen, dass ich wieder länger in der Natur bleiben kann. Die Zeit in der Serotonin, das Glückshormon vermehrt produziert wird beginnt. Nein, ich kann nun nicht nur zu Hause hocken, ich muss raus in die Natur.

Vor meinem geistigen Auge erscheinen schon die wunderbaren weißen, schaumigen Blumen, frisch erblüht, direkt vor mir auf dem aus rohen Bohlen gezimmerten Tisch.

Viele Stunden bin ich täglich wieder unterwegs, strebe meinem Stammplatz entgegen und warte dort auf Gleichgesinnte. Dort genieße ich als Naturliebhaber das Freiluft-Ambiente unter jungfräulichen hellgrünen Bäumen, aber ganz besonders das Erfrischende vor mir auf dem Tisch.

Nichts hält mich jetzt mehr im Haus, ich muss immer raus in die Natur, ich muss unter die Leute, ich muss raus in den Biergarten.

Kalorienzähler

Über dieses Thema hatten die beiden älteren befreundeten Damen schon öfter gesprochen und waren sich durchaus einig. Wir müssen jetzt unbedingt etwas unternehmen. So kann das nicht weiter gehen.
Warnend hatte ihr Hausarzt bei der letzten monatlichen Kontrolle den Zeigefinger hochgehoben und eindringlich mit ihnen gesprochen. Sie sollten etwas auf ihr Gewicht achten. Das hat die Damen nachdenklich werden lassen und so stellen sie sich jeden Morgen auf ihre Personenwaage im Bad um das Gewicht zu kontrollieren. Kontrolle ist ganz wichtig, sagen sie. Natürlich erschrecken sie sich manchmal beim Blick auf die Skala vor ihren Füßen.

Natürlich machen sie sich sorgenvolle Gedanken, wissen aber leider nicht genau wie das mit dem Abbau des Gewichtes so funktionieren soll. Vielleicht sollten wir etwas Sport machen, das soll ja gut tun und auch helfen Kalorien zu reduzieren, sinniert Frau Brunsen. Gemeinsam entschließen sich also die beiden Damen Sport zu treiben und hoffen so auf eine schnelle Gewichtsreduzierung.

Frau Brunsen und Frau Wenzen treffen sich nun regelmäßig, einmal die Woche, auch bei schlechtem Wetter. Immer am Sonntag-Vormittag walken sie eine Stunde gemeinsam im Park.
Es macht ihnen durchaus Freude aber so richtig zufrieden sind sie nicht.
„Es wäre doch wirklich toll wenn wir eine Übersicht über die jeweils von uns gelaufene Strecke hätten". „Und ganz besonders schön und wichtig wäre es doch zu wissen wie viel Kalorien wir bei dieser Rennerei, wie sie sagen, verbrannt haben".
Sie reden oft über dieses Thema.

Doch seit ein paar Tagen ist die Ungewissheit endlich vorbei. Das Thema hat sich erledigt. Denn Frau Brunsen hatte vor ein paar Tagen Geburtstag gehabt und als Überraschung von ihren Kindern ein Handy, ein Smartphone geschenkt bekommen.
„Es ist für meine Sicherheit, haben die Kinder gesagt", erzählt sie Frau Wenzen. Damit ich immer erreichbar bin und auch

eventuell Hilfe holen kann wenn wir im Park unseren Sport ausüben.

„Anfangs war ich wirklich verunsichert und hatte große Bedenken dass ich mit diesem modernen technischen Gerät nicht zurecht kommen würde", erzählt sie während einer Laufpause ihrer Sportfreundin Frau Wenzen. Zum Glück hat mir mein Enkel aber alles perfekt eingestellt und mehrmals genau erklärt.

„Ich glaube, dass ich jetzt einigermaßen damit zurechtkomme". „Und weißt du was das Tolle ist"? „Mein Enkel hat mir ein ganz besonderes Programm, ich glaube das heißt App, auf das Handy installiert. Er hat mir erzählt, dass es ein Schritt- und Kalorienzähler sei.

Omi, damit kannst du ganz einfach immer deine gelaufene Wegstrecke kontrollieren und gleichzeitig auch sofort sehen wie hoch der Kalorienverbrauch war, hat er mir erzählt.

„Weißt du, antwortete ihr nach einer gewissen Denkpause zweifelnd ihre Sportfreundin, das mit dem Schrittzähler kann ich mir gut vorstellen, und das ist bestimmt eine witzige Angelegenheit immer zu sehen wie weit man gelaufen ist, aber das mit den

Kalorien verstehe ich nicht". „Das kann doch nicht möglich sein".

„Kalorien kann man gar nicht sehen, wie soll man sie dann zählen können. Außerdem habe ich neulich in einer Frauenzeitschrift gelesen, dass Kalorien kleine bösartige Tiere sind".

Diese kleinen, bösartigen Tiere arbeiten nämlich nachts heimlich in unserem Kleiderschrank die Kleider um. Hinterhältig verkleinern sie während unseres Schlafes die Garderobe. Wenn man nun, ganz in Gedanken, sie nach einiger Zeit anziehen möchte passen sie plötzlich nicht mehr. Ganz ohne unser Verschulden ist unsere Kleidung plötzlich über Nacht zu klein geworden.

Diese kleinen bösen Tiere sind also daran Schuld dass unsere Kleidung immer enger wird und irgendwann nicht mehr passt".

„Und du kannst dir doch sicherlich vorstellen, das es für deine App nicht möglich ist die Nachtarbeiter als Kalorien zu zählen".

„Ja, wenn ich mir das in Ruhe überlege hast du sicherlich Recht". „Wie gut, dass du das mit den kleinen Tieren gelesen hast. Jetzt brauche ich kein schlechtes Gewissen mehr zu haben", sagt Frau Brunsen.

Plötzlich war er da

Leidenschaftlich diskutierte die Wandergruppe während einer kleinen Rast. Unzufriedenheit herrschte bei den Meisten. Immer nur hier, in unserer heimatlichen Gegend zu wandern wird doch inzwischen wirklich langweilig. Wir kennen doch jede Strecke und sind sie alle schon mehrmals gelaufen. Wir sollten mal etwas Neues versuchen.
Die Gruppe war sich sofort bei Arnos Vorschlag einig. „Lasst uns nach Mallorca fliegen", hatte er gesagt. Am besten in den Norden der Insel, in die ursprünglichste Region, dort gibt es viel Grün. Es ist sicherlich eine Gegend die uns ganz besonders zusagt. Es ist ein Landstrich der ganz toll zum Wandern ist. Außerdem laufen wir bestimmt ganz allein und haben immer unsere Ruhe.
Wirklich, alle Mitglieder der Wanderfreunde waren von diesen Gedanken begeistert. Natürlich muss so eine Unternehmung genau geplant werden. Deshalb fand in den Wintermonaten mehrmals ein Treffen im privaten Umfeld statt.

Acht Bremer Wanderfreunde, alle im besten Alter, zur Hälfte Frauen, sind nun im März 1984, auf der Mittelmeerinsel bei Sonnenschein aus dem Flieger gestiegen. Ihre Vorfreude auf eine ruhige, ungestörte Woche war riesengroß. Und alle waren froh dem miesen Bremer Wetter entflohen zu sein.

Ihr Ziel war, so hatten sie es gemeinsam geplant, der an der Nordwestküste der Insel gelegene Küstenort Puerto de Soller. „Hier in dieser Landschaft der Kontraste soll unsere Wanderung beginnen", erklärte ihr selbsternannter Wort- und Wanderführer Arno. Er hatte alles exakt vorbereitet und es war von ihm geplant, am ersten Tag in Ruhe 15 km nach Deia zu laufen. Dieser kleine

Ferienort liegt südwestlich von Puerto de Soller.
„Und als besonderes Erlebnis, erklärt ihnen Arno, werden wir noch mit der historischen Straßenbahn fahren".

Auf der Suche nach der großen Freiheit und Ruhe machten sich also die acht Wanderer auf den Weg. Gut gelaunt genossen sie die wunderbare Landschaft. Glücklich waren sie nur unter sich zu sein. Denn Massentourismus mochten sie alle nicht. Aber, wie so oft im Leben, kommt es meistens anders als man denkt. Sie waren noch nicht weit gelaufen als sich die Situation spontan veränderte. Unbemerkt vergrößerte sich nämlich die Wandergruppe. Plötzlich war er da und lief einfach neben ihnen her. Woher er kam, konnte später keiner sagen.
Das erklärte Vorhaben, besonders der männlichen Wanderer, war nun schnell vorbei. Jetzt waren sie also nicht mehr allein. Ein brauner Mischlingshund war es, ein Straßenhund, ein Streuner. Er schloss sich einfach der Wandergruppe an.
Den Männer passte das neue Wandermitglied überhaupt nicht. Immer lief er ihnen zwischen den Beinen umher. Das nervte.

Und außerdem hatten ihre Frauen jetzt nur noch eines im Sinn, den Hund. Die Damen waren begeistert. „Oh wie niedlich, oh wie süß", schwärmten sie. Natürlich gaben sie ihm sofort auch einen Namen. Ab diesem Moment riefen sie ihn Paco.

Der Hund muss weg. Einigkeit herrschte bei den Männer. Doch die Frauen protestierten. Immer wieder versuchten die männlichen Wanderer Paco durch freundliches Zureden, „hau endlich ab", und eindeutigen Gesten zu einer Rückkehr zu bewegen, ihn so zu verscheuchen. Aber alle Mühe war vergebens. Absolut treu lief er in ihrer Mitte. Paco zeigte keine Regung, wahrscheinlich verstand er auch die Sprache, den Bremer Dialekt nicht.
Offensichtlich spürte er im Laufe der Zeit aber doch die Abneigung seiner männlichen Begleiter, denn er änderte plötzlich seine Strategie. Nun lief er unbeeindruckt nicht mehr zwischen ihnen, sondern in einigem Abstand vor ihnen her.
Paco nervte, da waren sich die Männer einig, er lenkte nur ab. Kaum blieb Zeit einen Blick auf die romantischen Schönheiten links und rechts der Wanderstrecke zu werfen. Vorbei ging es an Orangen- und

Zitronenhainen. Besonders schön waren auch die in Terrassen angelegten Olivenplantagen mit den vielen, uralten Bäumen.

Sie waren schon eine ganze Zeit gewandert als der Weg plötzlich zu Ende war. Eine eingezäunte Weide verhinderte auf den ersten Blick ein Weiterkommen. Doch die Wegführung auf der Wanderkarte sah es vor, dass diese umzäunte Weide gequert werden musste. Nur das war nicht einfach, denn auf der Weide graste eine riesige Herde weißer Schafe.

Verunsichert und ängstlich schauten die Frauen, ihnen grauste es offensichtlich ein wenig. „Vielleicht sollen wir versuchen einen anderen Weg zu finden".

„Es soll ja auch aggressive Schafe geben die uns dann angreifen".
„Und vielleicht kommen wir überhaupt nicht heil an den Tieren vorbei". Ängstlich standen die Damen dicht zusammen.

Eine Pforte im Zaun ermöglichte ihnen den Durchgang. Und wie es überall auf den Wanderwegen so üblich ist, schloss sie sich nach dem Durchtreten selbsttätig. Jetzt frohlockten die Männer: „Das ist die Gelegenheit, das ist unsere Chance Paco los zu werden. Wir werden einfach verhindern, dass er mit uns durch die Pforte schlüpft".
Die Idee war gut, aber nutzlos, wie sich schnell herausstellte. Tief gebückt und schnüffelnd lief Paco einige Meter am Zaun entlang und fand schnell ein Loch, durch das er problemlos den Zugang zur Schafweide fand. Winselnd und mit dem Schwanz wedelnd stand er bestens gelaunt wieder vor der Gruppe.
Offensichtlich wollte er helfen, denn er erkannte die ängstliche Unsicherheit der Damen. Langsam lief er mitten durch die Schafherde. Drängte die Tiere zur Seite, bahnte so eine Schneise, sich immer wieder umdrehend, als wollte er sehen dass alle ihm folgen. Ohne Pause schaute er zurück,

vielleicht erwartete er auch ein wenig Lob, aber das kann man nur vermuten. Auf jeden Fall machte er es ganz toll, so dass die Eingeschüchterten gefahrlos ihren Weg durch die Schafherde nehmen konnten. Die Ängste der weiblichen Mitglieder verflogen zusehends. Wirklich seine Hilfe war beeindruckend. In diesem Moment änderte sich, auch bei den Männern, die Sympathie für ihn. Jetzt gehörte zu ihnen, war ihr neuntes Wandermitglied.
Schließlich war dieser aufregende Teil des Weges gefahrlos geschafft und am frühen Nachmittag das Wanderziel Deja erreicht.

Der Hunger nagte inzwischen gnadenlos. Einstimmig beschlossen sie in das kleine Restaurant direkt am Markt einzukehren. Aber was machen wir mit Paco, darf er mit ins Lokal? Nein, das geht nicht, erklärte gestenreich der Wirt, als sie auf den Hund wiesen. Also musste er vor der Tür bleiben, hatte vor dem Lokal zu warten. Beinahe unbemerkt war es sechszehn Uhr geworden. Eigentlich zu spät um zurück nach Soller zu laufen. Nehmen wir doch einfach den Linienbus, diese Vorschlag kam ausgesprochen gut an. Nur wo war Paco, er sollte doch mitfahren. Der Hund war ihnen

inzwischen schon ans Herz gewachsen, und sie wollten ihn hier in der Fremde nicht allein lassen.
Ja, sie machten sich regelrecht Sorgen um das Tier. Aber er war nirgends zu sehen. Ohne Paco fahren wir nicht, er gehört zu uns, einstimmig war der Entschluss. Schließlich verzichteten sie auf die Fahrt mit dem Bus. Wir werden den Hund suchen und nach Soller laufen, kurz nur war die Besprechung, denn sie waren sich einig. Aber wo sollen wir Paco suchen.

Einmal nur, aus der Entfernung, sahen sie ihren Tagesbegleiter noch, als er gerade über den Wochenmarkt lief. Just in diesem Moment blieb er vor einem Gemüseladen stehen und schnüffelte nach Hundeart an einer dort abgestellten Gemüsekiste. Elegant hob er plötzlich sein rechtes Hinterbein, wässerte und desinfizierte. Es ging rasend schnell. Dann war Paco für immer verschwunden. Wie Schade, sagten die Frauen.

Freier Eintritt

Nach Beendigung seiner Karriere als Fußballprofi bei Werder Bremen lebte Klaus Hänel in den späten 1970iger Jahren direkt über der Wohnung des jungen Ehepaares.

Nun ist es doch ganz normal, dass wenn man sich als Nachbar zufällig begegnet, nicht nur grüßt, sondern auch einige Worte miteinander spricht. Dadurch entstand zwischen ihnen im Laufe der Zeit eine richtige Freundschaft.

Neulich saß Klaus wieder einmal bei einer Tasse Tee, natürlich mit Schuss, mit Kurt und Anneliese zusammen und unterhielten sich, eigentlich wie immer nur über ein Thema, natürlich über Fußball.

„Klaus, du gehst doch bestimmt zu jedem Werder-Heimspiel, hast du eigentlich immer freien Eintritt". „Na klar, der Verein hat dafür gesorgt, dass wir ehemaligen Meisterspieler einen kostenlosen Sitzplatz auf der Südtribüne auf Lebenszeit haben".

„Das ist ja toll, dann kannst du ja, wenn du Lust hast, jedes Spiel besuchen". „Ist es dir eigentlich möglich Begleitpersonen ins Stadion mitzunehmen?". „Ja, klar, das ist überhaupt kein Problem." „Wenn du möchtest dann komm doch beim nächsten Spiel einfach mit". Kurt war begeistert und sagte natürlich sofort zu.

Dann war es endlich Sonnabend. Der SV Werder Bremen hatte wieder ein Heimspiel. Kurt war richtig aufgeregt, er konnte es kaum erwarten.

„Du wirst über meinen wunderbaren Parkplatz staunen, sagte Klaus während der Hinfahrt in seinem Auto. Er ist am Osterdeich und wir brauchen von dort nur wenige Meter bis zum Stadion zu laufen.

Als besonderes Privileg eines Prominenten, schwärmte er weiter, darf ich mit Genehmigung des Pächters, auf dem Gelände

der Tankstelle parken". Es war wirklich einfach und nur wenige Minuten später standen die beiden schon vor dem großen Marathontor in der Ostkurve des Stadions, dem Eingang zur Südtribüne.
Kurt konnte es kaum erwarten, doch dann sah er sie plötzlich. Sie standen sich genau gegenüber die zwei schwarz gekleideten vom Sicherheitsdienst. Streng sahen sie aus. Spontan löste ihr Anblick eine unheimliche Verunsicherung bei ihm aus, er mochte sie gar nicht ansehen.
Pflichtbewusst und vielleicht auch ein wenig misstrauisch schauten sie auf Klaus und seinen Begleiter. Große Hoffnung, auf diesem Weg ins Stadion zu gelangen, hatte Kurt in diesem Moment eigentlich nicht mehr. Gewissenhaft kontrollierten die Ordner nämlich die Eintrittskarte bei jedem eintretenden Fußballfreund.

„Warte hier einen Moment auf mich", flüsterte Klaus Kurt noch zu bevor er ging. Selbstsicher ging er auf den rechten Kontrolleur zu. Die kennen sich sicherlich, dachte Kurt sofort. Hinter vorgehaltener Hand sprach Klaus leise mit dem Ordner und zeigte zwischendurch immer wieder in Kurts Richtung. Es wirkte unheimlich geheimnisvoll. Dann ging alles sehr schnell.

Der schwarz gekleidete Herr lächelte verständnisvoll, nickte nur kurz und gab wohl so sein Einverständnis. In diesem Moment drehte sich Klaus nur kurz zu Kurt um und winkte ihm lachend. Der freie Eintritt war ohne Problem geregelt.

Das Spiel lief wohl schon eine halbe Stunde. Nervös und unruhig saß Kurt neben Klaus auf den Dauerkartenplätzen. So richtig konzentrieren konnte er sich jedoch nicht auf das Fußballspiel des SV Werder.

Kurt grübelte, er war mit seinen Gedanken ganz wo anders. Der freie Eintritt ging ihm nicht mehr aus dem Kopf. Wie mag Klaus das gemacht haben, welche Worte mögen wohl das Eingangstor kostenlos für mich geöffnet haben. Es lies ihn nicht mehr los. Ich muss ihn sofort fragen. Wenn ich es jetzt nicht tue, dachte er, komme ich nie zur Ruhe: "Du Klaus, wie hast du denn meinen freien Eintritt geregelt, was hast du denn dem Ordner ins Ohr geflüstert"?

„Das war doch ganz einfach. Wirklich problemlos. Ich habe ihm nur gesagt, lass den mal umsonst rein, das ist mein Cousin aus der DDR."

Berührungsängste

Die Bremer Politik, und hier ganz besonders Bürgermeister Wilhelm Kaisen, hatte 1947 dafür gesorgt, dass die Nachfahren des letzten Deutschen Kaisers, die Familie von Louis Ferdinand Prinz von Preußen in Bremen ein neues Zuhause finden konnte. Sie waren 1945 aus Westpreußen nach Bad Kissingen geflohen und bezogen jetzt ein gerade freistehendes Haus im Bremer Ortsteil Oberneuland.

Zu dieser Zeit teilte sich die in ihrem Stadtteil sehr beliebte Gemeindeschwester Lisa Kaiser den Arbeitsbereich im Ortsamt mit dem Ortsamtsleiter. Sie ist der gute Geist für alle Hilfsbedürftigen.

Eines morgens, sie war gerade im Büro angekommen und hatte kaum ihren Platz in der Amtsstube eingenommen, klingelte das Telefon. Sie konnte es gar nicht glauben was sie hörte als sie sich meldete. Sie hörte einen Namen der sie total überraschte. Es meldete sich nämlich eine Hoheit. Louis Ferdinand Prinz von Preußen ist mein Name, hörte sie, und ich bitte sie um ihre Hilfe. Seine Stimme klang traurig als er der Gemeindeschwester erzählte, dass seine

Frau, Prinzessin Kira und zwei seiner Kinder erkrankt seien. Sie sind sehr abgeschlagen und haben keinen Appetit mehr. „Vielleicht würde ein Suppenhuhn für eine Brühe gut helfen. Nur das Problem ist, sagte er, dass er keines bekommen kann". „Vielleicht können sie uns helfen, freundlich sprach er auf die Gemeindeschwester ein". „Ich gebe ihnen für den Hühnerfang auch ein Holzgewehr mit," scherzte der Prinz am anderen Ende der Telefonleitung.

Lisa Kaiser überlegte nicht lange und sagte ihre Hilfe zu. „Ich werde es auch ohne Holzgewehr versuchen, doch es wird nicht leicht werden, erwiderte sie abschließend." „Jetzt in der Zeit der Lebensmittelmarken ist vieles gar nicht oder nur rationalisiert zu erhalten".

Lisa machte sich natürlich sofort auf den Weg. Doch wo sie auch hin kam, überall erhielt sie nur Absagen. Die ortsansässigen Bauern, bei denen sie nach einem Suppenhuhn nachfragte, schimpften sogar laut mit ihr – „was sie sich wohl dächte, jetzt ein Huhn zu schlachten, gerade jetzt wo sie die meisten Eier legten, das geht doch gar nicht." Damit hatte sie nicht gerechnet. Die weiten Wege zu den Landwirten waren für sie vergebens. Es war frustrierend.

Die Gemeindeschwester überlegte nach weiteren Möglichkeiten, hartnäckig suchte sie weiter. Sie wollte unbedingt den von Preußen helfen. Da fiel ihr plötzlich der Landwirt Behrens ein. Der hatte recht weit vom Dorf entfernt, direkt am Deich, seinen Hof. Mit dem Gemeindefahrrad Nr. 1 war sie unterwegs.

Schon von Weitem sah sie die beiden Frauen. Sie saßen unter einem uralten Apfelbaum inmitten einer Schar ihres Federviehs. Vor ihren Füßen lag offensichtlich, dabei ganz still - ein dickes Huhn. Es hatte sich ein Bein gebrochen, wie sie

schon bald von den Frauen erfuhr. Die beiden beratschlagten gerade was mit dem Federvieh passieren solle.
Lisa sah es sofort, ein dickes Suppenhuhn war es, eines wie sie es sucht. Das ist ein Glücksfall, wirklich eine passende Gelegenheit.

Jetzt redete Lisa mit Engelszungen, setzte die ganze Routine ihrer Gemeindearbeit ein, sie kämpfte verbissen für die adelige Familie. Wortreich flehte sie die Frauen an, erzählte von den kranken Kindern und ihrer Mutter.
Die armen Hoheitlichen hätten doch so viel durchgemacht, und wie furchtbar, sie mussten so oft hungern.
Lange hat sie geredet. Schließlich erklärten sich die beiden Frauen zum Verkauf bereit.
„Ja, wir wollen uns von diesem Huhn trennen".
„Aber es muss auch geschlachtet und fein säuberlich gerupft sein und anschließend meinem Auftraggeber gebracht werden", jetzt wurde Lisa amtlich.
Die Frauen erklärten sich schließlich, aber zögerlich zu allem bereit. Ja, wir wollen das Huhn verkaufen, schlachten und auch zubereiten, nur zum Prinzen bringen, nein

das könne man nicht von ihnen verlangen. Die Landfrauen waren arg verunsichert, hatten offensichtlich große Berührungsängste.
„Das Huhn dem Adeligen verkaufen sei kein Problem für sie, aber es ihm ins Haus bringen, nein das geht nicht".
„Wie sollen wir ihn denn überhaupt ansprechen"? „Nein, das können wir nicht". Eine riesige Hemmschwelle baute sich in diesem Moment vor ihnen auf.

Diplomatisch geschult beruhigte die Gemeindeschwester schließlich die beiden Landfrauen: „Eure Sorgen sind wirklich unbegründet, ihr braucht wirklich vor dem Prinzen und seiner Familie keine Angst und Hemmungen zu haben, denn ihr werdet sie überhaupt nicht zu Gesicht bekommen".
„Es ist doch bei den Hoheiten immer so üblich, dass die Haustür natürlich immer von der Hausdame geöffnet wird".

Ist doch Ehrensache

Neulich saß ich wieder einmal in der Straßenbahn, döste vor mich hin und schaute ohne an etwas Bestimmtes zu denken aus dem Fenster. Eigentlich ist so eine Fahrt immer langweilig, finde ich. Aber manchmal gibt es doch Situationen mit einem wirklich hohen Unterhaltungswert. Dienstag war so ein Tag.

Ob sie sich zufällig, vielleicht an der Haltestelle trafen und ob sie dort auch schon intensive Gespräche geführt haben, ist mir nicht bekannt und für diese Geschichte auch nicht wichtig. Für die Fahrgäste der Linie 4 jedoch begann das Hörspiel als die beiden jungen Frauen zugestiegen waren.
Vermutlich, weil alle Sitzplätze in der Bahn schon belegt waren, blieben die Damen halt im Mittelgang stehen. Sofort begannen sie sich angeregt und sehr laut zu unterhalten. Eigentlich, fiel mir auf, redete jedoch nur eine, die andere nickte immer wieder zustimmend. Ja, sie hörte aufmerksam zu und erkannte natürlich sofort, dass sich im Leben ihrer Gesprächspartnerin offenbar

gerade dramatische Veränderungen vollziehen, das war deutlich zu hören. Immer wieder erklärte diese temperamentvoll, dass sie so ein Verhalten ab sofort nicht mehr hinnehmen wird, nennt dazu auch Namen und genaue Details.
Totale Stille herrscht in der Bahn. Gespannt hört jeder Fahrgast offensichtlich dem aufregenden Bericht der Dame zu. Alle sind hellwach.

Plötzlich tritt Ruhe ein. Die beiden Frauen haben offenbar ihr Ziel erreicht. Doch bevor sie an der Haltestelle aussteigen, sagt die Vielrednerin beschwörend zu ihrer Begleiterin: „Du, das was ich dir gerade unter vier Augen alles erzählt habe bleibt aber bitte unter uns."
„Natürlich, das ist doch Ehrensache, antwortete die andere, ich kann doch verstehen, dass das niemand erfahren soll".

Eigentlich, und das ging mir spontan durch den Kopf, müssten doch jetzt alle in diesem Abteil Anwesenden der jungen Frau im Chor zurufen: „Aber klar doch, das ist doch selbstverständlich, das ist doch wirklich Ehrensache!"

Fünf Richtige

Für viele Menschen gehört es einfach zum Wochenende dazu. Sie fiebern diesem Moment regelrecht entgegen, der Ziehung der Lottozahlen, 6 aus 49.

Auch in Oldenburg gibt es eine Rentnerin die hofft schon viele Jahre auf den großen Gewinn, aber bisher immer vergebens. Manchmal aber stellt sich ein winziger Erfolg ein, als kleiner Seelentröster. Dann telefoniert sie sofort mit ihrer Tochter in Bremen: „Ich habe schon wieder drei Richtige".
Die Tochter lebt mit ihrem Ehemann im Bremer Stadtteil Horn. Sie spielen nicht im Lotto, sie haben es bisher immer abgelehnt. Sie wissen und haben dies schon oft erfahren, als geborene Pechvögel im Glücksspiel ist eine Beteiligung für sie sinnlos.

Irgendwann, eine Erklärung gibt es eigentlich nicht, kam der Entschluss bei den beiden dann aber doch. Er kam spontan.
„Wir sollten es einfach mal versuchen. Wenn man nicht spielt kann man auch nicht

gewinnen", sagte eines abends die junge Frau zu ihrem Mann.

Große Hoffnung einen Hauptgewinn im Zahlenlotto zu landen, hatten sie allerdings nicht, sie wussten, zu gering sind die Gewinnchancen. Aus diesem Grund wählten sie von Anfang an die billigste, die kleinste Variante. Zwei Zahlenreihen auf einem Monatsschein. Das macht weniger Arbeit, ist einfacher und viel besser zu merken.

Und wie es manchmal so kommt im Leben, hatte sich Fortuna plötzlich, total überraschend und ohne ein vorheriges Erkennungszeichen, am Samstag den 14.04.1979 nun doch ins Achterdiek verirrt.

Unfassbar. Die beiden, deren Name nichts zur Sache tut, konnten es nicht glauben.

An diesem Samstag pendelte der junge Mann, wie so oft, zwischen der Küche und dem Wohnzimmer hin und her. Der Fernseher lief. Oberflächlich, ohne besonderes Interesse, im Vorbeigehen, schaute er zufällig auf den Bildschirm des Röhrengerätes als gerade die Lottofee ihren Einsatz hat. „Die Ziehung der Lottozahlen hat schon begonnen, ruft er seiner Frau zu die in der

Küche werkelte. Die ersten beiden Zahlen sind schon gezogen worden". „Wie aufregend, antwortet sie". "Aber, beide Zahlen sind richtig". „Das ist ja nichts Neues", hörte er die Stimme seiner Frau, "das kennen wir doch schon". „Das war es dann wohl mit den Richtigen".

„Nein, jetzt haben wir schon drei Richtige". Jetzt trat sie, nun durchaus ein wenig neugierig geworden, zu ihrem Mann als gerade die vierte richtige Zahl aus der Trommel fiel.

Nun wurde die Aufregung beinahe unerträglich. Aufgeregt verfolgten sie jetzt gemeinsam die rotierenden Zahlen. Und dann das Unfassbare als die nächste Kugel fiel. Die fünfte Zahl passte auch, unglaublich.

In diesem Moment fiel schon die letzte Kugel. Nur die war weit daneben. Das war schade, ärgerlich für den Augenblick. Es hätten doch auch sechs sein können.

Trotzdem sie konnten es gar nicht glauben. „Wir haben fünf Richtige". „Wie Schade, dass die letzte Zahl falsch war, sonst könnten wir bestimmt mit einer Million rechnen".

Zunächst, so im ersten Jubel, sahen sie sich trotzdem schon als Lottomillionäre. "Vielleicht haben wir ja das große Glück. Es soll ja schon mal 10.000 D-Mark für fünf Richtige gegeben haben". Aber sie zweifelten, und da waren sie sich schnell einig, dass bei ihrem sprichwörtlichen Glücksspielpech, der Gewinn sicherlich klein ausfallen wird. Für fünf Richtige wird an diesem Wochenende bestimmt nur eine ganz kleine Quote ausgezahlt, sie waren sich sicher.

„Ich werde sofort in Oldenburg bei meiner Mutter anrufen und ihr von unserem Lottogewinn erzählen". Die junge Frau schwelgte durchaus im Glück. Schon drehte sie die schwarze Wählscheibe.

„Wir haben fünf Richtige im Lotto"!, überschwänglich erklärte sie ihr großes Glück ihrer Mutter.
„Was für eine wunderbare Fügung", antwortete die mütterliche Stimme am anderen Ende der Leitung. „Du wirst es nicht glauben, ich habe nämlich auch fünf Richtige".
„Wie ist das denn möglich"? „Du benutzt doch andere Zahlen".
„Das stimmt, aber ich habe diesmal einfach eure Zahlen zusätzlich auf meinen Lottoschein geschrieben", schelmisch klang die Stimme aus dem Oldenburgischen.
Der Gewinn hielt sich in Grenzen. „Zweitausendzweihundert Mark, ergab für uns die Ausspielung", berichtete die Tochter ihrer Mutter nach einigen Tagen per Telefon. „Es hätte ja mehr sein können aber trotzdem ist es ein Haufen Geld für uns".
„So ihr bekommt Zweitausendzweihundert D-Mark, ich bekomme aber Viertausendvierhundert", verschmitzt und locker antwortete die Rentnerin aus Oldenburg.
„Das kann doch gar nicht sein", die Tochter ist total verwirrt.
„Ich habe diesmal einfach eine Zahlenreihe mehr gemacht und eure Zahlen doppelt auf den Lottoschein geschrieben".

Das Problem werde ich schon lösen

Nervig und ein wenig Angst einflößend waren sie, die seltsamen, störenden Geräusche, direkt über den Betten. Jeden Abend das gleiche, ein permanentes kratzen und trippeln, immer zu Beginn der Dunkelheit. Unbekannte, eigenartige Laute.
Sollten es Mäuse sein - oder vielleicht sogar Ratten die auf dem Boden ihr Unwesen treiben? Es ist wirklich schwer zu deuten was sich dort oben, seit einigen Tagen abspielte.
Erst als sich der junge Mann auf die gezielte Suche machte und einige Bretter des Fußbodens auf dem Dachboden entfernte, erkannte er die Ursache. Hier hat sich offensichtlich ein Hausmarder eingerichtet. Welch eine Überraschung.
Deutlich war ein Tunnel in der zerbissenen Glaswolle zu erkennen. Auch die Verschmutzung durch Urin, Kot und Beutereste wies darauf hin.
Jetzt sind zumindest die Geräusche geklärt. Es ist also kein Spuk. Ihre anfangs positive Einstellung, sie fanden den Aufenthalt des Marders durchaus witzig, schlug schnell ins

Negative um, je länger die Lärmbelästigung anhielt.

Jeden Abend diese Randale. So kann das nicht weiter gehen. Sie waren sich einig. Der unbekannte Untermieter muss weg. Schnell muss es gehen, noch bevor er sich eine Braut sucht und auf den Boden mitbringt um eine Familie zu gründen. Nur, wie kann man das Tier schnellstens vertreiben, wie wird man den Störenfried wieder los. Ich werde mal die Nachbarn fragen, ging ihm durch den Kopf, vielleicht wissen sie Rat oder können helfen.

„Ihr müsst jeden Abend auf dem Boden Krach machen", rieten sie. Am besten ein

Radio aufstellen und das Potenziometer bis zum Anschlag aufdrehen. Lärm können die Marder überhaupt nicht vertragen, dann verziehen sie sich". „Das ist die Methode die zum Erfolg führt", versicherten sie.

Tagelang plärrte nun das Radio Tag und Nacht über ihren Köpfen, ohne Erfolg. Es störte eigentlich noch viel mehr als das Tier. An Schlaf war nun gar nicht mehr zu denken. Der Marder jedoch lies sich dadurch nicht beeindrucken. Im Gegenteil, er tanzte offensichtlich nach der Musik. Nein, durch solche Aktionen ist der pfiffige Kerl nicht zu vertreiben. Die letzte Möglichkeit, und da war man sich schließlich einig, man muss einen Jäger suchen, einen Profi mit dem Fang beauftragen.
„Den gibt es doch hier bei uns im Dorf, der kann so etwas". „Es ist der Landwirt Albert Schumacher, seine große Leidenschaft ist die Jagd, und er gilt als Spezialist für den Marderfang".
„Es wird erzählt, dass er ein großes Sortiment an Fallen besitzt. Mit denen soll er schon viele Marder gefangen haben".
Im Dorf gilt er deshalb als Marderspezialist und er soll auch sehr hilfsbereit sein". Das

klang alles gut was die Nachbarn erzählten, es beruhigte.

„Ich gehe jetzt zu dem Landwirt Albert, dem Marderjäger", verabschiedete er sich eines Vormittags kurz von seiner Frau.

Nur wenige 100 Meter. Hier muss es sein. Plötzlich stand er, etwas verunsichert, vor dem uralten Hallenhaus des Landwirtes. Vergeblich suchte er nach einem Namensschild am Hauseingang. Es war keines zu sehen, und die elektrische Klingel an der Türzarge sah auch nicht sehr funktionsfähig aus. Vielleicht sollte ich einfach an die alte

grünblaue Tür klopften und warten, überlegte er. Schon nach der zweiten Klopfwiederholung, war eine Stimme in Innern des Hauses deutlich zu hören. Dumpf und mürrisch klang sie: „Die Tür ist auf, komm herein". Knarrend öffnete sich die alte Holztür auf leichten Druck und gab den Blick frei auf ein schummriges Flett.
Dunkel war es hier. Das einzige kleine Fenster spendete nur wenig Licht. Nur ein schmaler, holperiger Durchgang ist in dem voll gepackten großen Raum noch zu erkennen. Unsicher geht er auf dem unebenen, aber kunstvoll aus Weserkieseln gemusterten Fußboden.

„Komm hier her", brummte die Stimme im Hintergrund und gab so die Richtung an.
Dämmrig war es in dem Raum. Zu erkennen war beinahe nichts.
Er sitzt bestimmt in seinem Büro der Landwirt, ging ihm spontan durch den Kopf.

Versteckt hinter Stapeln von Zeitschriften und vielen Büchern, saß ganz ruhig an einem großen Tisch, die unbekannte männliche Person. Durch seine olivgrüne Kleidung war der ältere Mann kaum zu erkennen. Das muss Albert sein. Er ist sicherlich schon im Rentneralter. Jetzt nur die richtigen, überzeugenden Worte finden, ihm ein wenig Butter um die Nase streichen.

"Was willst du", brummte es aus dem Dunkeln hervor.
„Ich habe einen Marder auf dem Hausboden, Herr Schumacher, und das ist äußerst lästig und ich weiß mir keinen Rat wie ich ihn wieder los werden kann". „Nun hat man mir im Dorf erzählt, dass sie Jäger seien, und sich mit dem Fang und Beseitigen von Mardern bestens auskennen und auch sehr hilfsbereit sein sollen".
Beinahe gelangweilt sah es aus als er mich anschaute, empfand der junge Mann. Ohne

erkennbare Regung, hörte sich der Marderfachmann die Geschichte an. „Du kannst ganz beruhigt sein, ich werde dir bestimmt helfen. Das Problem werde ich schon lösen, es ist ja nicht das erste mal, das ich so etwas mache. Als Jäger habe ich die Viecher schon oft gefangen".
„Morgen, gegen 11 Uhr, werde ich zu dir kommen und dann bist du deinen Marder sofort los".

Der junge Mann ist von Alert begeistert. Diese wenigen Worte klangen sehr überzeugend und lösten bei ihm kleine Glücksgefühle aus.

„Der Marderjäger kommt morgen, dann sind wir das Tier sofort los, hat er mir erzählt". So ganz überzeugt sah seine Frau nicht aus als er ihr vom Besuch beim Marderjäger erzählte.

Das Motorengeräusch seines luftgekühlten alten Volkswagens kündigte ihn schon von Weitem an. Langsam, beinahe im Schritttempo, kommt er herangefahren, der Hoffnungsträger. Gemächlichen Schrittes nähert sich der Jäger und steht schließlich

wortlos auf dem kleinen Grundstück der jungen Leute.
Gemeinsam gehen sie nun durch den Garten und um das Haus herum. Scheinbar hochinteressiert schaut er immer wieder in alle Richtungen, dreht sich im Kreis. Zeigt auf das Fallrohr der Dachrinne, weist auf den an den Carport grenzenden alten Apfelbaum, spricht aber kein Wort.

Der junge Mann ist von Albert fasziniert. Er ist überzeugt, so einen Blick hat tatsächlich nur ein Fachmann. Bestimmt erkennt er die kleinsten Marderspuren und kann sie deuten. Spannend und aufregend ist es. Gleich wird sie wohl beginnen, die Marderjagd, denkt er im Stillen.

Bestimmt geht er nun zu seinem Auto um die Fallen zu holen. Als Fachmann hat er sicherlich schon lange erkannt an welchen Stellen es passend ist sie aufzustellen.
Dann hat endlich der nächtliche Spuk ein Ende.
   Just in diesem Moment unterbricht der Marderjäger aber plötzlich seinen Gang zu seinem Auto, bleibt unvermittelt stehen und schaut den jungen Mann an. Ohne Regung brummt er unwirsch: „Woher weißt du

eigentlich, dass das auf dem Boden ein Marder ist". „Hast du ihn schon gesehen?" „Nein, das habe ich nicht", eingeschüchtert wegen der überraschenden Fachkenntnis des Jägers, verschlägt es dem jungen Mann regelrecht die Sprache.

„Dann suche man erst mal die Stelle an der er am Haus hochklettert. Nur so kann er doch auf den Boden gelangen." „Und wenn du sie gefunden hast kannst du dich wieder bei mir melden".
Grußlos dreht sich der Marderjäger um, geht zu seinem Auto und fährt ohne eine weitere Erklärung und ohne das Problem gelöst zu haben, davon.

Rückgaberecht

Vorgestern, morgens auf dem Fahrrad, als sie die Finger kaum noch bewegen konnte, bemerkte Else überraschend, dass es plötzlich Winter geworden ist. Bei dieser milden Witterung bisher hatte sie überhaupt nicht an die kalte Jahreszeit gedacht. Doch jetzt bedauerte sie wirklich sehr, dass sie keine Handschuhe besaß.
„Nun ist es aber dringend an der Zeit, dass du dir Handwärmer kaufst", murmelte sie leise vor sich hin.
Schon am nächsten Tag stand sie in dem großen Kaufhaus.
Flink breitet die Verkäuferin die verschiedenen Handschuhmodelle, hergestellt aus den unterschiedlichsten Materialien auf dem Tresen aus und hebt sie zum besseren betrachten bis auf Augenhöhe hoch. Wortreich und geschickt erklärt sie die Vor- und Nachteile der einzelnen Produkte.
Aufmerksam beugt sich Else ein Stück über den Tresen um auf diese Weise alles genau zu sehen und zu erfassen. Wortlos aber sehr interessiert verfolgt sie die Bemühungen der Verkäuferin, probiert und wechselt immer wieder die Modelle aus Wolle, oder auch

aus Wildleder und begutachtet genau die Wirkung an ihrer Hand.
Lange musste sie nicht wählen. Sie entschied sich schnell für die beheizbaren Thermo-Handschuhe aus dunklem Hirschleder, die mit den schicken hellen Nähten.
„Sie sind wunderbar gefüttert und angenehm zu tragen", schwärmt sie sofort.
„Wirklich, sie gefallen mir ausgesprochen gut".
„Ja, die sollen es sein".
Aber schon bald, nach kurzer Tragezeit, stellt sich Enttäuschung ein. Leider muss sie feststellen, dass die Qualität dieser Handschuhe sehr zu wünschen übrig ließ. An der Innenseite nämlich, dort wo die Daumen sind, öffneten sich bereits die Nähte.
„Das ist mit Sicherheit ein Fehler des Herstellers, ich werde sie bei passender Gelegenheit einfach reklamieren, einfach zurückgeben", dachte Else verärgert.
Beinahe unbemerkt gingen jedoch die kalten Tage vorüber und die neuen Handwärmer wurden nicht mehr benötigt.
Ordentlich zusammengelegt bekamen sie ganz hinten in der Schublade der kleinen Kommode einen Platz zur Winterruhe.
Schnell gerieten sie so in Vergessenheit.

Just in diesem Moment aber, als Else wieder mit eiskalten Händen fröstelnd vom Fahrrad stieg, erinnerte sie sich sofort an die doch eigentlich so geliebten, aber defekten Handschuhe. „Ich wollte sie doch reklamieren fiel ihr spontan ein. Wie dumm, dass ich das vergessen und diesen wirklich wichtigen Termin verschlafen habe.

Natürlich war ihr bewusst, dass seit dem Handschuhkauf inzwischen zwei Jahre vergangen sind und befürchtet deshalb die Zwecklosigkeit ihres Vorhabens. „Ich werde es trotzdem versuchen, obwohl das Rückgaberecht vielleicht schon abgelaufen ist".

Die Fahrt in die Nachbargemeinde zu dem großen Kaufhaus war kein Problem für sie. Sie kannte sich aus, sie war doch schon oft zum shoppen dort.

Eigentlich fühlte sie sich gut, wenn da nicht die permanenten quälenden Gedanken wären. Sie gingen ihr während der Autofahrt nicht mehr aus dem Kopf. Sie war total verunsichert, die Angstgefühle wollten nicht aufhören. Erst auf dem Parkplatz, als sie aus dem Auto stieg, bemerkte sie auch

noch das unangenehme pulsierende Echo in ihrem Hals. Ihr wie wild schlagende Herz. Es war nicht zu kontrollieren und zu bremsen.
Sie lief wie in Trance durch das Kaufhaus. Ohne es zu bemerken stand sie plötzlich bei den Accessoires vor dem Verkaufstresen. Unsicher musterte Else verlegen die junge Verkäuferin als sie ihr die defekten Handschuhe reichte.
Else kam sich in diesem Moment, im wahrsten Sinne des Wortes, mutterseelenallein vor. Sie schluckte immer wieder nervös, sie konnte es nicht kontrollieren.

Wirklich geduldig betrachtete die freundliche Fachfrau die vor ihr liegende Reklamation und hörte sich die Geschichte von Else ruhig an. Bisweilen nickte sie, sprach aber kein Wort. Es sah aus als erkannte sie den Herstellerfehler an. Sehr skeptisch allerdings betrachtete sie die vor ihr liegende Kaufquittung.

„Grundsätzlich haben sie ja 2 Jahre ein volles Rückgaberecht bei uns", erklärte sie freundlich. „Aber schauen sie hier", und ihr Zeigefinger wies auf das gedruckte Datum des Kassenbons. „Die Garantiezeit ist um 14 Tage überschritten und dadurch abgelaufen. Das ist natürlich schade und dumm für sie".

Tief durchatmend und total unfähig sich zu artikulieren stand Else nun still und bewegungslos am Verkaufstresen.

Sie hatte es ja geahnt.

„Ist da gar nichts mehr zu machen", fragte sie schließlich kleinlaut die junge Verkäuferin.

„Gut, ich versuche es, ich werde meinem Abteilungsleiter ihr Problem vortragen".

Nur kurz war sie weg. Ihr Gesicht strahlte als sie wieder hinter ihrem Tresen stand.

„Nun seien sie man bloß nicht so traurig, ihre Stimme klang sehr beruhigend, es ist doch alles in Ordnung, es ist alles gut".

„Unser Haus gewährt doch seinen Kunden ein großzügiges Rückgaberecht".
„Sie wissen doch bestimmt, dass sie hier bei uns alles zurückgeben können was ihnen nicht mehr gefällt". „Sie sind doch hier im größten Shoppingcenter des Nordens und nicht beim Standesamt".

Vielleicht einiges anders machen

Natürlich sieht man ihm, auch ohne genau hinzusehen, sein Lebensalter an. Aber das ist ja nicht besonders schlimm und auch ganz normal in seinem Alter.
Tiefe Falten und Runzeln prägen jetzt seine Haut und sein graues Haar zeigt schon einige schüttere Stellen. Auch ist er im Laufe der Zeit ein bisschen matt geworden. Er fühlt sich während des Tages manchmal todmüde. Seine körperlichen Tätigkeiten sind dann sehr reduziert.

Jeden Morgen, beinahe über fünf Jahrzehnte, gehörte es zu seinen täglichen Aufgaben den Frühstückstisch für sich und Lieschen, seine Frau, zu decken. Nun nicht mehr.
Jetzt, meistens schon vor dem Hell werden, weil er nicht mehr so lange schlafen kann, wird der Platz am Fenster nur noch von ihm belegt. Dann stellt er dort nur noch ein kleines Gedeck hin, denn er ist nun allein.
Seit einigen Monaten trauert er nämlich schon um seine Frau, die plötzlich, ohne erkennbare Vorzeichen, mitten in der Nacht,

gestorben ist. Dieses Ereignis hat ihn schwer getroffen. Er kämpft täglich mit dem unendlichen Schmerz.
Es sollte doch eigentlich anders kommen. Er wollte doch vor ihr gehen, hatten sie sich vorgenommen. Jetzt ist er allein.

Aber Lieschen fehlt ihm unendlich sehr. Kinder, mit denen er sprechen könnte oder die ihn besuchen kämen, haben sie keine. Vielleicht wäre es schön gewesen Kinder zu haben, denkt er manchmal wenn ihn die Wehmut wieder ereilt. Vielleicht, obwohl er sich da nicht sicher ist. Auch die gemeinsamen Freunde, die ihn jetzt besuchen könnten, gibt es nicht mehr. Sie haben alle längst das Zeitliche gesegnet.

Täglich fühlt er sich nun ganz furchtbar einsam. Und als er auch noch bemerkte, dass ihm beim morgendlichen Kämmen büschelweise Haare ausfallen, verfällt er in eine regelrechte Schockstarre. Er ahnt dumpf, dass ihn nun auch der letzte Rest Lebenskraft langsam verlässt.

Ohne Vorwarnung übermannt ihn manchmal die große Traurigkeit. Dann setzt er sich ganz still in seinen Sessel, schließt die

Augen und träumt in diesen Augenblicken ein wenig von Früher. Dann denkt er an Lieschen und an die, wie er findet, viel zu schnell vergangenen schönen Jahre mit ihr.

Manchmal überlegt er auch ob es wohl schön und sinnvoll wäre noch einmal jung zu sein und die Möglichkeit hätte, das eigene Leben zu wiederholen und ganz von Neuem zu beginnen. Immer wieder kommen ihm diese Gedanken.
Wahrscheinlich sind es nur unbewusste allgemeine Empfindungen, Gefühle der in die Jahre gekommenen Generation.

Am Ende seiner Tage denkt der Mensch halt manchmal in sentimentalen Stunden oft an die Wegstrecke, die er bisher zurückgelegt hat und ob alles gut verlaufen ist oder ob dabei Fehler gemacht worden sind.
Ja, oft denkt er darüber nach, ist aber immer unschlüssig, kommt dabei zu keinem wirklichen Ergebnis.
Aber, und das weiß er natürlich, zum Leben gehört doch auch der Abschied dazu. Trost ist dieses Wissen allerdings nicht, findet er.

Vielleicht würde ich doch einiges anders machen wenn ich nochmals jung wäre und beim nächsten Mal die Gelegenheit dazu erhielte, alles besser zu bewältigen. Immer öfter gehen ihm diese Gedanken durch den Kopf, aber so richtig fallen ihm keine Verbesserungen ein.

Nein, und da ist er sich inzwischen ganz sicher, nochmals ganz jung möchte er doch nicht sein. Der Rausch der Jugendjahre verfliegt zu schnell und ist viel zu anstrengend, findet er, und alles bliebe eigentlich immer gleich weil eben in dieser Zeit nicht allein die Vernunft, sondern meistens nur die Gefühle die Handlungen bestimmt.

Wer sich ein zweites Leben nochmal ganz von vorn wünscht tut dies meist halbherzig, unüberlegt und ist sich seiner selbst nicht ganz sicher.
Vielleicht sind solche Gedanken nur ein letztes Aufflackern des Lebenslichts, eine trügerische Hoffnung. Ein verzweifelter Irrtum.

Zu schnell – oder?

„Weißt du, Opa, mein Lehrer möchte zu gern nächste Woche bei der Abendlaufveranstaltung „Laufe bei Nacht" im 5 km-Lauf die meisten Teilnehmer melden. Und wer aus der Klasse an diesem Abend mitläuft und dann die Strecke auch noch unter 30 Minuten bewältigt bekommt im Zeugnis eine besonders gute Sportnote, hat er uns versprochen".
„Und eine gute Note ist für mich doch ganz wichtig. Deshalb muss ich noch ein wenig trainieren," erzählte eines Nachmittags der 12jährige Enkel.
„Bist du denn schon einmal so schnell und so weit gelaufen"? „Das ist ja nicht so einfach, da muss man vorher durchaus fleißig trainieren".
„Wenn du möchtest können wir das ja mal gemeinsam tun. Ich bin doch früher oft diese Strecke gelaufen und habe dabei auch an etlichen Laufwettbewerben teilgenommen".
Ohne über seine 76 Lebensjahre nachzudenken bot er dem Jungen seine große sportliche Erfahrung aus längst vergangener Zeit an. Dieser nickte nur, sagte aber kein

Wort.

Erbarmungslos schien die Sonne vom wolkenlosen Himmel. Sie meinte es wirklich zu gut an diesem späten Montagnachmittag, als sie so gegen 16.30 Uhr am Sportgelände ankamen. Eigentlich war es für diese Jahreszeit, jetzt Mitte Mai, viel zu warm. Aber absagen, nein es gab kein zurück.

Das wird bestimmt eine elende Quälerei. Schon auf dem Parkplatz, beim Ausstieg aus dem Auto, ging es dem älteren Herrn durch den Kopf. Eigentlich würde ich gern auf das Training verzichten, dachte er, aber ich sage es lieber nicht. Wie stehe ich denn dann da.

Überraschend war auch die 10jährige Enkelin mitgefahren. Sie wollte nämlich auch mitlaufen. Allerdings nur 2 Runden, was Opa für ein kleines Mädchen als sehr vernünftig empfand. Mädchen können überhaupt nicht so weit und schnell laufen, da war er sich sicher.

Er hatte sich fest vorgenommen seine Enkel während des Laufens genau zu beobachten. Schauen, dass sie sich bei diesem heißen Wetter nicht überlasten.

„Ich bin schon letzte Woche hier auf dem

Sportplatz zweimal 15 Runden gelaufen, erzählte der 12jährige auf dem Weg zum Sportplatz, so ganz ohne Aufregung. Weil, du weißt ja, Opa, dass ich für den Volkslauf trainiere".

Dann standen sie also auf der Tartanbahn vor der weißen Startlinie. Die 10jährige trippelte bereits unruhig auf der Stelle, sie konnte es offensichtlich kaum abwarten. „Es ist wohl sinnvoll, dass wir nur 1 oder 2 Runden miteinander laufen. Danach kann jeder sein eigenes Tempo wählen", erklärte er den Kindern noch kurz vor dem Start.
Ein kurzes Händeklatschen von Opa war das Startzeichen. Sofort stürmte die Kleine in großem Tempo davon.
Nur noch aus den Augenwinkeln war sie zu sehen, es war nicht zu glauben. Sie hatte die 400m-Runde bereits beendet als die beiden gerade 200 m gelaufen waren. Unfassbar.

Später, als Opa total erschöpft war, was er aber nicht zugab, und auf der hölzernen Bank am Rande des kleinen Stadions saß um sich auszuruhen und dabei den Enkeln zuschaute, wurde ihm plötzlich ganz deutlich bewusst wie dumm sein Vorschlag war.

Über 60 Jahre Altersdifferenz sind wohl doch zu groß. Nein, da kann man in diesem Alter nicht mehr mithalten.

„Aber ich hatte es ja nur gut gemeint und wollte doch nur helfen", beruhigte er sich selbst ein wenig.

Erst viele Tage später konnte er wieder über sich und seine Naivität lachen. Natürlich war es gedankenlos zu glauben, dass man mit den Enkeln läuferisch noch mithalten kann und auch noch auf sie Rücksicht nehmen muss.

Trotzdem, die beiden Kinder hatten bestimmt ihr großes Vergnügen als sie ihrem Opa locker davon liefen. Alles war gut.

Groß war allerdings die Überraschung am nächsten Morgen am PC. Herrlich.

Opa staunte nämlich sehr, dass er eine E-Mail von seiner kleinen Enkelin im elektronischen Postfach vorfand. Wirklich, was für eine Überraschung. Damit hatte er überhaupt nicht gerechnet. Natürlich freute es ihn riesig. Was mag sie geschrieben haben? Erwartungsvoll öffnete er also das elektronische Schreiben und las überwältigt nur den einen Satz:

„Ich war zu schnell für dich – **oder**"?

Probefahrt in Ostfriesland

Eigentlich ist es ein Ereignis bei dem nichts Ungewöhnliches vorkommt. Doch diese Geschichte passt genau zu dem Mann, der vielleicht damals das letzte Original im Dorf war.

Die alteingesessenen Bürger haben ihn natürlich alle gekannt. Er gehörte einfach zum täglichen Leben dazu.

Wenn er im Dorf unterwegs war, sah man ihn allerdings nur mit seinem Auto, einer uralten roten VW-Kombiversion, denn zu Fuß ging er nicht mehr. Meistens winkte er mit der linken Hand aus dem geöffneten Seitenfenster. Freundlich grüßte er jeden den er kannte. Albert fiel auf, er war nicht zu übersehen.

Manchmal sah man ihn schon in der Ferne. Doch hatte es immer den Anschein, als parke er dort. Man konnte glauben dass er kaum näher kommt. Albert fuhr nämlich extrem langsam. Immer nur im Schritttempo. Ein schnelleres Fahren war mit dem Auto, wie sich bald herausstellen sollte, technisch überhaupt nicht mehr möglich. Das Schaltgetriebe des in die Jahre gekommenen Fahrzeugs machte nämlich

nicht mehr mit. Albert konnte nur noch die beiden ersten Gänge benutzten. Auch die Lenkung war total ausgeschlagen und ein Geradeauslauf des Fahrzeugs nur noch bedingt, im langsamen Tempo und durch permanente Lenkbewegungen möglich.
Aber Albert hatte damit keine Probleme. Er hatte sich daran gewöhnt und kam gut damit zurecht. Durch seine manchmal wilden Lenkbewegungen gelang es ihm immer das Auto in gerader Richtung zu halten.

Doch das Auto-Schicksal meinte es nicht so gut mit Albert und seinem VW. Vor ein paar Tagen stellte sich dann die Katastrophe ein. Der hiesige, technische Überwachungsverein ordnete nämlich eine sofortige Stilllegung seines geliebten Autos an.
Der Schock saß tief und ihm war sofort bewusst, jetzt wartet der Autofriedhof auf das geliebte Gefährt. Eigentlich hatte er es schon seit langer Zeit geahnt. Doch nun war der Zeitpunkt unwiderruflich da. Jetzt war Albert in höchster Not, nun benötigt er unbedingt ein anderes Auto. Sofort begann er über den Kauf eines Fahrzeugs nachzudenken. Aber Albert tat sich schwer, wusste

nicht recht wie er es anfangen sollte.

Doch er gehört ja zu den pfiffigen Menschen und weiß sich immer zu helfen. Ich werde einfach meine Skatfreunde um Hilfe bitten, die kennen sich mit solchen Dingen aus und sie werden mir bestimmt helfen.

Mehrmals in der Woche treffen sie sich in ihrer Stammgaststätte. Es waren feste Zusammenkünfte, und immer dabei und mitten drin, Albert. Für diese fünf Männer war es eine Art Lebenselixier. Hier konnten sie reden, hier hörte man ihnen zu.

Als erstes Getränk an so einem Tag

bestellte Albert immer eine Tasse Tee. Ihr seht, sagte er jedes mal zu seinen Freunden, es geht auch ohne Alkohol, wenn man ihn fragte. Aber seine Freunde kannten ihn doch und wussten, dass er heimlich das schwarze Getränk, dass ihm viel zu bitter sei, wie er schmunzelnd erklärte, mit Hochprozentigem verdünnte.

Der Tee dampfte noch im Glas als Klaus, der Wirt, an den kleinen, runden Tisch trat. Er setzte sich, wie immer, an den freien Platz neben Albert. Ganz ungewöhnlich still und einsilbig saß dieser auf seinem Stuhl. „Was ist mit dir denn heute los Albert, geht es dir nicht gut, bist du eventuell krank", vorsichtig und durchaus sorgenvoll kümmerte sich der Wirt um seinen Stammgast. „Nein, krank bin ich nicht, aber ich habe einen Trauerfall in der Familie, erklärte er leise seinen Freunden. „Die Beerdigung hat letzte Woche im ganz engen Familienkreis schon stattgefunden. Sie war in Achim auf dem Autofriedhof". „Jetzt ist er weg, mein roter VW. Nun suche ich dringend ein anderes Auto. Aber, ein Volkswagen sollte es schon wieder sein. Ich habe allerdings bei der Fahrzeugsuche große Probleme, allein schaffe ich es wohl

nicht, befürchte ich, es fällt mir schwer".
„Kannst du mir nicht dabei behilflich sein, Klaus"?
Klaus, der Wirt konnte, er gehörte doch auch zu den Pfiffigen hier im Dorf und hatte immer einen Ratschlag parat. „Ich werde mich sofort darum bemühen".
„In einer Oldtimer-Zeitschrift habe ich ein passendes Auto für dich gefunden", erzählte er schon wenige Tage später.
„Ich habe darin gelesen, dass ein Lehrer aus Ostfriesland ein Auto im Auftrag für seinen Schwiegervater verkaufen will. Und das Tolle ist, es ist ein hellblauer VW Variant und ist erst 10 Jahre alt, fast neu, wenig benutzt und sehr gut erhalten. „Die Gummimatten riechen noch wie neu und es solle nur in gute Hände kommen, so stand es geschrieben", erzählt Klaus voller Begeisterung die Neuigkeit.

Seit 10 Uhr morgens sind sie nun schon unterwegs. Albert und Klaus sind auf dem Weg nach Ostfriesland. Sie wollen in ein Dorf nur wenige Kilometer hinter Emden.
Gewissenhaft, so wie es seine Art ist, hat Albert sich auf diesen Tag vorbereitet. Straßenkarten und eine Taschenlampe hat er mitgenommen und wegen der an-

stehenden Probefahrt schon 24 Stunden auf jeglichen Genuss von Alkohol total verzichtet. Und um einen guten Eindruck bei dem Verkäufer zu machen hat er seinen besten Ausgehrock angezogen und seine Schlägermütze aufgesetzt.

Unruhig rutscht Albert während der Fahrt auf seinem Sitz immer wieder hin und her, er ist so aufgeregt.

Freundlich empfängt der Studienrat die beiden Männer. Sie hatten sich ja angemeldet. Er reicht den beiden zum Gruß die Hand. Das macht natürlich großen Eindruck bei ihnen. Langsam öffnet er das Garagentor und das Auto wird sichtbar.

Volkswagen 1500 Variant

Still und staunend steht Albert. Dann tritt

er in die Garage. Fachmännisch genau schaut er von allen Seiten auf den blauen VW, beleuchtet alles mit seiner Taschenlampe, von innen, von außen und unten, sein Tun sieht wirklich professionell aus.

Wenn sie möchten, sagte der Studienrat schließlich zu Albert, können wir nun mit der Probefahrt beginnen. Langsam fährt er den Pkw aus der Garage. Jetzt stand das gute Stück fahrbereit vor ihnen.
Ein wenig unsicher nimmt Albert auf dem Fahrersitz platz. Neben ihm, als Beifahrer, sitzt der Studienrat. Klaus beobachtet alles von der Rückbank. Ruhig und gleichmäßig fährt Albert, und wie von seinem alten Auto gewohnt, nur im ersten und zweiten Gang.
Man sah dem Herrn Studienrat schon bald seinen Unmut und sein Unverständnis an. Schließlich wies er freundlich darauf hin, dass das Auto auch vier Gänge hätte. Albert aber lies sich nicht umstimmen. Starrköpfig blieb er bei seinem Tempo.
Der Studienrat rümpfte nun immer häufiger über Alberts Fahrweise die Nase. Er konnte überhaupt nicht verstehen weshalb er, obwohl total nüchtern, wie betrunken nur in Schlangenlinien fuhr. Offensichtlich kann er das Auto nicht gerade halten,

dachte sich der Studienrat. Wild schaukelte das Gefährt von links nach rechts. Eine beängstigende Unruhe herrschte bereits bei den beiden Mitfahrern. Klaus rutschte pausenlos auf der Rückbank hin und her und bekam schon kleine Panikattacken, verhielt sich aber still, mochte nichts sagen.

Plötzlich wollte der Herr Studienrat nicht mehr und erklärte wegen dieser Fahrweise per sofort die Probefahrt als beendet. Und so kam es an diesem Tag nicht zum Kauf des Autos.
Sie sind wieder auf der Heimfahrt, bedrückende Stille herrscht während der Rückreise. Jeder hing wohl seinen Gedanken nach als Klaus schließlich diese unterbricht: „Du Albert, warum bist du denn bei der Probefahrt immer so langsam und in permanenten Schlangenlinien gefahren und warum hast du denn pausenlos am Lenkrad hin – und her gedreht"?
Ruhig und überzeugend antwortet Albert: „Das kann ich dir genau sagen, eine Geradeausfahrt war gar nicht möglich weil das Auto überhaupt kein Spiel in der Lenkung hatte".

Es ist der Zwischenhandel

Die beiden Herren hatten sich noch nie gesehen, waren sich total fremd. Aber wie es der Zufall so wollte, damals im Sommer 1921, wären sie beinahe auf dem dörflichen Friedhof kollidiert.

Der Landwirt Heinrich Schumacher hat auch heute wieder, als er auf dem Heimweg war, den Westeingang zum Friedhof genommen. Er nimmt diesen Weg zu gern, in der Hoffnung hier Bekannte aus dem Dorf zu treffen. Hier auf dem Friedhof sind die Menschen zugänglich, freundlich und redselig, weiß er. Gern nutzt er deshalb diese Möglichkeit um ein wenig zu plaudern und vielleicht auf diesem Wege Aktuelles aus dem Dorf und den Nachbargemeinden zu erfahren.

Obwohl er recht langsam geht und sich wieder Zeit lässt und nach allen Seiten schaut, Bekannte aus dem Dorf sieht er heute nicht. Dafür beobachtet er gerade einen Fremden, der durch den Osteingang kommend, das Friedhofsgelände von der anderen Seite betritt.

Misstrauisch schaut der Landwirt kurz hoch und auf den sehr elegant gekleideten jungen Mann in seinem feinen, grauen Anzug. Ruhig kommt dieser direkt auf ihn zu. Zwischen seinen Lippen dampft eine dicke, dunkle Zigarre.

In Schumacher bildet sich auf der Stelle Widerstand, nein, ihm gefiel der geschniegelte Mann auf den ersten Blick nicht

Was sucht der hier, dieser Fremde. Er passt nicht in unser Dorf.

Der Landwirt ist von dem äußeren Erscheinungsbild des großen Unbekannten mit seiner dicken Zigarre wirklich nicht begeistert.

Dann standen sie sich gegenüber.

Vielleicht wäre Heinrich Schumacher etwas freundlicher gewesen wenn er gewusst hätte wer vor ihm steht. Doch er konnte es nicht wissen. Der feine junge Mann war nämlich der neue Gemeindepastor Johannes Mohrmann und erst seit ein paar Tagen im Amt. Mohrmann kannte natürlich die meisten Bürger des Dorfes noch nicht. Aber er ging mit offenen Augen umher und bemühte sich die hier lebenden Menschen kennen zu lernen. Sein Bestreben ist es sie immer mit ihrem Namen anzusprechen.

Um diese Wissenslücke schnell zu schließen fragt er deshalb jeden Unbekannten, den er zufällig trifft, nach seinem Namen.

So auch heute. Freundlich grüßt Mohrmann den Landwirt und spricht ihn ohne lange Vorrede mit den Worten an: "Wer bist du denn, wie ist denn dein Name?" Heinrich Schumacher ist wie angefasst, diese dreiste Art empfindet er als absolute Frechheit.

Aufs Äußerste gereizt antwortet er schließlich erst nach einiger Zeit dem Fremden: „Ich heiße Heinrich und wie heißt du?
Mein Name ist Hans und ich bin der neue Pastor hier im Dorf. „Dat hebb ik mi al dacht, dat sücht hum di, erwiderte Schumacher leicht angesäuert, „du hest nämlich so as mien Bull."

Schwer kämpfte Schumacher mit sich. Immer stärker entwickelt sich sein Widerstand ganz besonders gegen die Zigarre, als er plötzlich Mohrmann zugewandt feststellt: „Du schmökst ja eine sehr gute Zigarre". „Ja, erwiderte freundlich der neue Pastor, sie ist schon recht gut aber leider viel zu teuer". „Wie kommt denn das", fragt scheinheilig der listige Landwirt?
„Nun, es ist der Zwischenhandel, der macht alles so furchtbar teuer", gibt der Pastor bereitwillig Auskunft.
„Ja, ja, siehst du, das ist bei uns im Dorf ganz genau so", erwiderte Schumacher. „Eigentlich brauchen wir dich nämlich gar nicht, denn du bist ja für uns auch der Zwischenhandel und deshalb auch viel zu teuer. Wir könnten doch direkt mit dem Herrgott reden, das ist viel preiswerter".

Unschuldig

Neulich, als der Endvierziger an nichts Böses denkend im Bad stand und zufällig vor dem Duschen in den Spiegel schaute, fielen ihm ganz plötzlich die Rundungen an seinem Bauch und an der Hüfte auf. Der Schock traf ihn hart. Du hast dich optisch aber sehr zum Negativen verändert stellte er fest. Unschwer kann er es erkennen, deine Figur ist offensichtlich kaputt. Doch wie konnte das passieren, wie ist das denn nur möglich geworden.
Quälende Schuldgefühle kamen sofort bei ihm auf. Sofort begann er zu grübeln und suchte krampfhaft nach der Ursache der Verformungen. Vielleicht esse ich wirklich zu viel oder eventuell das Falsche? Oder sollte es das Bier am Abend sein oder bewege ich mich einfach zu wenig. Quälende, ungewisse aber schmerzhafte Gedanken. Eine Erklärung fiel ihm aber wirklich nicht ein. Die genaue Ursache des Hüftspecks zu erforschen ist wirklich schwer und nervig, dachte er.

Wie furchtbar, diese bösen Schuldgefühle. lassen sie ihn nun nicht mehr los. Aber du

hast doch immer die gefährlichen, die fetten und süßen Lebensmittel gemieden, versuchte er sich zu beruhigen. Du hast doch ganz besonders darauf geachtet. Nur, wo kommen sie dann her die Dickmacher.
Beinahe täglich grübelt er, aber es wollte ihm keine Erklärung einfallen.
Es war heute Morgen, unter der Dusche, als er rein zufällig den bösartigen, hinterlistigen Fettverursacher fand. Die Lösung fiel ihm praktisch in die Hand.

Jetzt ist er beruhigt und ganz sicher, Schuld an meinen körperlichen Verformungen bin nicht ich, sondern mein Shampoo.
Bisher hatte er überhaupt nicht darauf geachtet. Sich auch nie Gedanken gemacht. Erst in dem Moment, als er unter der Dusche stand und zufällig auf die Shampooflasche schaute las er verblüfft den großgeschriebenen Hinweis: „Für extra großes Volumen und mehr Fülle".

Das hat ihn ganz toll geschockt, aber gleichzeitig auch beruhigt. Er ist sich sicher, jetzt ist die Zunahme des Hüftpolsters eindeutig geklärt. Es ist ein gutes Gefühl zu wissen, du bist wirklich schuldlos. Der Verursacher

dieser Verformungen ist also nicht mein tägliches Bier, sondern dieses Shampoo.
Die Erklärung ist nun wirklich logisch, denkt er. Immer wenn ich also unter der Dusche stehe und meine Haare wasche, und das ist ja beinahe täglich, rinnt der Volumenbildende Schaum langsam über den gesamten Körper und verrichtet dort sein hinterhältiges Werk. Ich werde dieses Shampoo sofort absetzen, oder ganz vorsichtig mit ihm umgehen.

Zufällig bei seiner täglichen Arbeit in der Küche fand er zum Glück die absolute Lösung des schweren Problems. Ab sofort benutze ich nämlich nur noch Geschirrspülmittel zum Haare waschen.
Eine wirklich kluge Entscheidung. Denn auf der Vorderseite der Flasche steht doch eindeutig zu lesen: „Mit optimaler Fettlösekraft, entfernt auch hartnäckiges Fett".

Jetzt geht es dem Endvierziger wieder gut. Total zufrieden und beruhigt macht er sich keine Gedanken mehr. Das schlechte Gewissen und die Vorwürfe sind verflogen, sorglos genießt er weiterhin am Abend sein Bier.

Eine große Arbeitserleichterung

Gleich hinter der Gesamtschule wurde 1964 ein Kindergarten eingeweiht. Großzügig und modern ist er und für 120 Kinder ausgelegt. Fortan kümmern sich liebevolle, junge Kindergärtnerinnen um die ihnen anvertrauten Zwerge.

Wirklich, ein prima Betreuungsplatz für die Kleinen. Hier wissen die Eltern ihre Nachkömmlinge in guten Händen.

Auch Ganztagsplätze mit Mittagessen werden angeboten. Eine der Betreuerinnen ist deshalb speziell für das leibliche Wohl der Kinder verantwortlich. Schon früh morgens steht sie täglich in der Küche und werkelt am Herd. Sie ist fleißig und gibt sich beim Kochen des Tagesgerichts große Mühe, es soll den Kindern doch schmecken.

Ganz still und erwartungsvoll sitzen sie dann am großen Tisch zusammen. Gesprochen wird während der Mahlzeit nämlich nicht. Im allgemeinen sind die meisten Kinder mit dem Zubereiteten zufrieden, das kann man beobachten. Nur einige nörgeln manchmal. Das Essen sei ihnen immer viel zu sauer, sagen sie leise wenn man sie danach fragt. Natürlich ist das auch der aufmerksamen Leiterin des Hortes nicht verborgen geblieben. Grund genug für sie nach der sauren Ursache zu forschen. Ruhig und unauffällig beobachtet sie unangemeldet den Arbeitsablauf in der Küche. Schon nach kurzer Zeit ist sie sich sicher die Lösung des sauren Problems gefunden zu haben – es ist Essig.

Zu einem Gespräch unter vier Augen sitzt gleich morgens zu Arbeitsbeginn die junge Köchin im Dienstzimmer der Hortleiterin. Vorsichtig und einfühlsam erzählt diese der jungen Mitarbeiterin von dem kindlichen sauren Vorwurf und von ihrer Beobachtung. „Weshalb gibst du denn in jedes Essen immer eine gehörige Portion Essig hinein", fragt sie schließlich.
Ruhig und selbstbewusst saß die junge Köchin ihrer Chefin gegenüber. Sie musste nicht lange überlegen. Schnell und ruhig antwortet sie: „Das ist doch ganz einfach zu erklären. Ich mache das nun seit einiger Zeit schon so, weil ich nämlich festgestellt habe, dass durch die Zugabe von Essig die Töpfe nach dem Kochen viel einfacher und besser sauber werden und das ist doch wirklich eine große Arbeitserleichterung für mich".

Unerklärlich, diese Fahrradpanne

Auf dem Friedhof, mitten in einer Norddeutschen Großstadt, hatten sich die beiden Damen, sie sind schon lange Zeit verwitwet und im Rentenalter, kennen gelernt. An den Gräbern ihrer Ehemänner war es.
Inzwischen sind sie freundschaftlich verbunden. Oft treffen sie sich nun, meistens nachmittags, um gemeinsam mit ihren neuen, schönen Leichtlaufrädern kleinere Radtouren durch die heimatliche, flache Norddeutsche Wiesenlandschaft zu unternehmen. Der ihnen seit Jahren gut bekannte Fahrradhändler Fritz Hornburg hatte ihnen die Räder empfohlen und verkauft. Sie sind mit ihnen total glücklich.
Ausgiebig nutzen sie die Möglichkeit der Freizeitgestaltung als Balsam für Körper und Seele. Heute allerdings, im Frühjahr 1976, sind sie in ganz besonderer Mission auf der Apfelallee unterwegs. Gut gelaunt sind sie auf dem Weg zum Supermarkt, dem großen Selbstbedienungsladen.
 Zufällig hatten beide nämlich die Werbung in der Tageszeitung gelesen. Stief-

mütterchen, kistenweise im Angebot. Das ist ja passend, finden sie und kommt ihnen gerade rechtzeitig. Diese Gelegenheit wollen wir für unsere Männer nutzen. Denn der Winter war lang gewesen und hatte die Gräber dadurch unansehnlich werden lassen. Eine optische Auffrischung, jetzt im Frühling, ist dringend nötig, finden sie. Die beiden Frauen überlegten nicht lange, sie sind sich einig.

Schwer tragend, jede von ihnen mit einer hölzernen Blumenkiste vor dem Bauch, kommen sie pustend aus dem Marktgebäude. Sie gehen langsam, überqueren den kleinen Parkplatz und stehen schließlich vor ihren Rädern. Natürlich hatten sie klug vorgesorgt und einige Meter Bindfaden von zu Haus mitgebracht. Sorgfältig schnüren und umwickeln sie, bis das Holzgebinde mit den Stiefmütterchen unverrückbar auf dem Gepäckträger befestigt ist. Der Weg zum Friedhof ist schließlich weit und es sollte nichts verrutschen, es sollte alles gut gehen.

Der Schock kam noch auf dem Parkplatz, gleich nach dem Aufsteigen. Denn das Rad der einen Dame streikte, es lies sich keinen Zentimeter mehr vom Fleck bewegen.

„Oh, wie furchtbar, jetzt ist mein Fahrrad plötzlich kaputt. Ich verstehe es nicht, es ist doch noch wie neu. Das Hinterrad ist total blockiert, es lässt sich nicht mehr bewegen", klagt sie, „es rollte doch eben noch so gut". „Gerade jetzt, was für ein Pech, was soll ich nur machen". total verunsichert erhofft sie von ihrer Begleiterin schnelle Hilfe.

Die beiden Damen beratschlagten allerdings nur kurz, sie waren ja pfiffig, und kamen mit den Unannehmlichkeiten des täglichen Lebens bestens zu recht.

Wenige Momente nur lähmte sie die Schockstarre. Dann hatte die Geschädigte schnell den Schuldigen ihres Problems gefunden. Heftiger Zorn wühlte in ihr, als sie an Fritz Hornburg dachte. Was hat mir Fritz nur für ein schlechtes Rad verkauft, ich bin sehr enttäuscht. Aber ich habe bestimmt noch Garantieansprüche, die werde ich sogleich geltend machen. „Sofort gehe ich zu Fritz und werde mich beschweren", sagt sie zu ihrer Bekannten. Er hat ja gleich um die Ecke seinen kleinen Fahrradhandel mit Werkstatt. Durch dieses Gedankenspiel löste sich sogleich ein dicker Brocken in ihr, sie fühlte sich wieder leicht, irgendwie befreit von dieser furchtbaren Last.
Zuversichtlich und beinahe gut gelaunt, obwohl sie sich schwer quälte, verließen die beiden Damen mit einem guten Gefühl den Parkplatz am Selbstbedienungsladen. Sie wussten doch, Hilfe ist ganz in ihrer Nähe.

Mit der rechten Hand das blockierte Hinterrad hochhebend, mit der linken mühsam steuernd, betritt sie nach gefühlten 30 Minuten langsam, erschöpft und außer Atem, den Werkstatthof des Fahrradmechanikers. Sie quälte sich wirklich.

Fritz Hornburg stand gerade mit einem Kunden auf dem Hof als die ihm wohlbekannte Dame mit ihrer Bekannten diesen betrat. „Was ist denn mit dir los, Else"? Freundlich fragt der Meister, „und was ist denn passiert, du bist ja ganz außer Puste, du scheinst ja große Probleme zu haben"

„Fritz, ich bin äußerst sauer auf dich. Du hast mir kein gutes Fahrrad verkauft. Jetzt musst du mir aber helfen und den Schaden wieder kostenlos in Ordnung bringen", schwer atmend und pustend schimpfte die

Geschädigte. „Ich habe doch nur Blumen im Supermarkt gekauft. Ich verstehe es nicht. Bis dahin lief es doch eigentlich gut, leicht und ohne Probleme". „Weißt du, das Rad ist einfach vom Stehen kaputt gegangen". Total aufgelöst redet sie auf Hornburg ein, sie ist offensichtlich mit ihrer Kraft am Ende.

Der Meister beugt sich über das Rad, und sucht nach der verheerenden Ursache. Schnell richtet er sich wieder auf, offensichtlich hat er die Ursache der Blockade schon ausfindig gemacht, denn nur nach einer Minute Suche spricht er beruhigend und einfühlsam auf die Geschädigte ein: "Mache dir man keine Sorgen, Else, es ist nicht so tragisch, das krieg ich schnell wieder hin. Warte einen Moment, ich hole nur mal eben passendes Werkzeug aus der Werkstatt, bin gleich wieder da".

Wenig später tritt Meister Hornburg wieder ins Freie. In seiner rechten Hand blitzt das vom Sonnenschein angestrahlte Werkzeug, es ist eine Schere.
    Zwei – drei Schnitte und der Bindfaden löst sich vom Rad und dem Blumengebinde.

„So, jetzt kannst du wieder problemlos fahren, das Hinterrad ist wieder frei".

„Hier hast du noch eine neue Schnur, binde nun mit ihr nochmals deine Blumenkiste wieder gut fest, aber diesmal nur am Gepäckhalter." „Und Else, diese Hilfe ist natürlich für dich kostenlos, sie fällt unter die Garantiebestimmungen".

„Danke, Fritz", sie mochte ihn in diesem Moment nicht ansehen. Kleinlaut und ein wenig verschämt verabschiedet sich schließlich die so furchtbar Fahrrad geschädigte Dame von Meister Hornburg.

Ohne alles

Die meteorologischen Voraussagen für die Nordseeküste ließen nichts Gutes erahnen. Das Wetter auf Föhr wird wohl zum Jahreswechsel nicht so toll sein, vermuteten wir. Und die Prognose traf ohne Überraschung ins Volle. Kalt, viel zu nass, stürmisch und dadurch äußerst ungemütlich war es. Aber das störte uns als Fans dieser Insel überhaupt nicht. Wir beachteten einfach das miese Wetter nicht, die Lösung des Problems war uns doch bekannt. Es war das beheizte Glühweinzelt am Sandwall vor dem Café „Zur Insel".

Aber mit unserer genialen Idee, dem schlechten Wetter auf diese Art ein Schnippchen zu schlagen, waren wir nun leider nicht allein. Der kurze Blick durch den Zelteingang nahm uns spontan den Mut einzutreten. Eine bedrückende Fülle herrschte im Innern. Jeder Stehtisch war mit mehreren Personen besetzt.

Aber manchmal hat man auch unverhofftes Glück. Gerade in diesem Moment, als wir uns nun doch durch den Zelteingang quälten, wurde einer der kleinen roten Stehtische frei. Wie glücklich für uns.
Kurz nur grüßen wir Horst, den Wirt, hinterm Tresen, dann stehen wir schon am Tisch. Horst ist kaum zu sehen, er steht ganz still hinter den Glühweinbehältern und beobachtet abwechselnd den Innenraum des Zeltes und die Behälter. Zwischendurch kontrolliert er die Wärme und Qualität des Heißgetränks.
„Pur oder mit Schuss, also mit Rum oder Amaretto", fragt er freundlich bei jeder Bestellung.

Es ist ja ganz normal, dass wir erst herausfinden mussten was uns am besten mundet. Und so probierten wir in kürzester Zeit die verschiedenen Glühweinvarianten. Extrem süß war das industriell hergestellte

Warmgetränk allerdings bei jeder Sorte. Schließlich entschieden wir uns für die Variante mit Rum als Schuss. Diese schmeckte uns von Beginn an am besten.
Das unglaubliche Stimmengewirr im Zelt trug wohl dazu bei, dass wir überhaupt nicht bemerkten wie schnell unsere Gläser immer wieder leer waren. Man konnte das Gefühl haben als seien sie zu klein.
Extrem laut war es im Zelt, Unterhaltung war dadurch nur schwer möglich. Auch die Musik die ringsum aus den kleinen Lautsprechern erklang war kaum wahrzunehmen.
Ich weiß aus eigener leidvoller Erfahrung, dass es im Alter zu schwindender Sehkraft, und auch Problemen mit dem Gehör kommen kann. Bei Ole war es wohl an diesem letzten Tag des Jahres so, er hörte ganz besonders schwer. Vielleicht lag es am allgemeine Lärm oder wirklich an seinen Ohren, überlegte ich später. Vielleicht war es aber auch nur der Glühwein der seine Wirkung bei ihm tat.
    Tatsache war, dass Ole unsere eindeutigen Hinweise, dass die Gläser leer seien, offensichtlich nicht sah und auch nicht hörte. Er zeigte keine Regung. Erst in dem Moment als unsere strafenden und

auffordernden Blicke ihn direkt trafen, reagierte er sofort. Diese Blicke kannte er wohl. Also Ole: „Zwei mit, eines ohne alles". Offensichtlich um Ärger zu vermeiden geht er also sofort wortlos zum Tresen und bestellt bei Horst das von uns Gewünschte: „Drei Glühwein bitte". „Wie gehabt, wieder mit Schuss"?, "Nein, für diese Runde nur zwei mit Schuss, das dritte ohne alles".
Es ging schnell, schon standen drei Gläser auf dem Tresen, zwei dampfende Glühwein mit Schuss und eines ohne alles.

„Sieben Euro bitte bekomme ich, sagt Horst. Verwundert und fragend schaute Ole ihn an. „Das dritte, ohne alles, das ist kostenlos".

Sie sind doch meine Freunde

Weit ab, vielleicht zwei Kilometer vom kleinen, niedersächsischen Dorf Brunsen entfernt, steht an eine Böschung angelehnt, ganz allein ein Wohnhaus, das allgemein bei der Bevölkerung nur Honigsburg genannt wird. Das Haus gehört dem Landwirt und Imker, Stübig. Stübig benötigt die Bienen für seine Obstbaumplantagen und die Wohnungen für seine Arbeitskräfte.

Er hat es 1945 neu erbauen lassen. Ein Haus allerdings ohne fließendes Wasser und Toilette. Die Wasserleitung ist 60 m vom Gebäude entfernt und kommt direkt aus dem Berg. Oft ist sie im Winter, obwohl

die Bewohner versuchten durch auflegen von Strohballen die Leitung gegen Frost zu schützen, zugefroren.
Die Toilette ist als separates kleines Gebäude an das Wohnhaus angebaut.
Es ist ein Gemeinschaftsplumsklo, in doppelter Ausführung, ohne Fenster und ohne elektrisches Licht. Ich erinnere mich noch mit Grausen an diesen stillen Ort, an den Kampf gegen die lästigen Fliegen im Sommer und besonders an die unangenehmen Gerüche. Schlimm war die Eiseskälte im Winter, man mochte sich kaum hinsetzen. Dunkel war es natürlich immer.

Nach der abenteuerlichen Flucht aus Schlesien am 20.01.1945, hatte die Familie 1946 hier glücklich eine Bleibe und die Erwachsenen Arbeit gefunden.
Für mich kleinen Jungen war es nicht so schön, denn ich war damals leider nach der Schule immer allein hier am Ende der Welt. Mit den Worten der Erwachsenen, wie toll doch der freie Blick auf die Landschaft, Felder und Wiesen sei, konnte ich überhaupt nichts anfangen. Ich nahm dieses noch nicht wahr. Im Gegenteil, mich nervte der weite Schulweg. Gut zwei Kilometer hin und das gleiche wieder zurück auf einer

unbefestigten landwirtschaftlichen Straße die gleich hinter dem ehemaligen Zollhaus an die damals viel befahrene Bundesstraße 3 mündete. Der Restweg verlief ein gutes Stück an einem Getreidefeld entlang. Manchmal traf ich Maria, die im Zollhaus wohnte. Dann war ich nicht so allein. Das war immer angenehm.

Das ehemalige Schulgebäude

Sechs Tage in der Woche, 30 Minuten morgens hin und 30 Minuten mittags zurück, natürlich nur wenn ich nicht trödelte. Und das bei jedem Wetter, auch an den Samstagen.

Nach Schulschluss war ich dann leider immer allein. Manchmal wünschte ich mir meine Schulkameraden aus dem Dorf zum spielen. Aber sie mochten den weiten Weg zur Honigsburg wohl nicht laufen. Sie kamen nicht. Aber vielleicht wollten sie als Einheimische auch nicht mit einem Flüchtling, wie sie mich nannten, spielen. Dabei. habe ich ihnen oft erzählt, dass wir keine Flüchtlinge waren, sondern Heimatvertriebene.
So kümmerte ich mich halt täglich um meine gefiederten Freunde, die Spatzen. Sie halfen mir wunderbar die Nachmittagsstunden zu verkürzen.

Manchmal aber war sie einfach nicht zu vertreiben, die große Langeweile. Dann kletterte ich, obwohl es mir die Mutter verboten hatte, auf den uralten Weißdornbaum rechts neben dem Wohnhaus.
Sofort waren sie dann da, meine Freunde, die Spatzen. Sie blieben immer in meiner Nähe und hüpften aufgeregt und schilpend durch das Geäst, ohne Angst. Sie kannten mich doch, ich war ja ihr Freund und

natürlich sprach ich auch mit ihnen. Wir unterhielten uns pausenlos.

Es war ein Donnerstag, der letzte Schultag vor den Sommerferien 1949 als uns unsere Klassenlehrerin, Frau Tessmer, in der letzten Schulstunde von der Spatzenplage, die wohl in diesem Jahr im Lande herrsche, erzählte. Die Gemeinde habe deshalb einen Anschlag an das Feuerwehrhaus geheftet auf dem zu lesen ist, dass jeder der im Gemeindebüro einen Sperling abgibt eine finanzielle Belohnung erhält.

Auf dem Plakat stehe nämlich in großen Buchstaben geschrieben: „10 Pfennig Kopfgeld für jeden Haussperling", mit dem kleinen Zusatz: „Abzugeben im Gemeindebüro", erklärte sie uns Achtjährigen noch schnell vor Schulschluss.

Große Klagen der Bauern, die graubraunen Finkenvögel seien in solchen Maßen vertreten, dass sie die Ernte gefährdeten, veranlasste offensichtlich die Behörde gegen die Spatzen vorzugehen. Sie wurden einfach zu Schädlingen für die Landwirtschaft erklärt. Für jeden toten Sperling, es zählte auch nur der Kopf, zahlte also die Gemeinde fortan die Prämie.

Mein Heimweg verläuft immer direkt am Schlauchturm der Freiwilligen Feuerwehr vorbei. Schon aus der Ferne sah ich das große Plakat, undeutlich, aber es war nicht zu übersehen. Es war an dem großen Turm angeheftet. Anfangs begriff ich das alles nicht so richtig, weil ich doch noch nicht richtig lesen konnte.

Gebäude der freiwilligen Feuerwehr Brunsen, 1949

Staunend schaute ich immer wieder auf den Anschlag der Gemeinde und sah gleich daneben ein mir besonders auffallendes Papier. Es war die Werbung für einen Sperlingsmassenfänger. Ich war fasziniert. Das machte mich natürlich sofort neugierig und gleichzeitig weckte es meinen Jagdinstinkt.

Eine unheimliche Begeisterung erfasste mich schon auf dem Heimweg. Natürlich wollte ich an dem Geldsegen teilhaben, schwelgte schon im kleinen Reichtum.

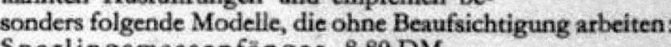

Die Sperlingsplage
nimmt immer größeren Umfang an. Die Landwirte klagen über Verluste, die beachtliche Teile der Getreideernte treffen. Die Regierungen der Länder Bayern, Hessen und Niedersachsen (1949) empfahlen die Anschaffung von Sperlingsfallen, um die Überzahl der Sperlinge durch gemeinsames Vorgehen zu vermindern. Wir liefern alle bekannten Ausführungen und empfehlen besonders folgende Modelle, die ohne Beaufsichtigung arbeiten:
Sperlingsmassenfänger, 8,80 DM.
Sperlingsmassenfänger, kombiniert mit Rattenfalle 9,70 DM.

An meine schilpenden Freunde dachte ich in diesem Moment aber überhaupt nicht. Ich machte mir wirklich keine Gedanken, hatte sie restlos vergessen. Die erste Ernüchterung stellte sich jedoch schon bald ein. Wie komme ich nur an die pfiffigen Vögel heran.
So eine Falle müsste ich natürlich haben, so eine wie am Feuerwehrturm beschrieben, nur die konnte ich mir nicht kaufen. Dafür hatte ich kein Geld. Taschengeld gab es damals für mich nicht. Ich glaube das Wort

„Taschengeld" ist erst Jahrzehnte später für mich erfunden worden.
Vielleicht sollte ich selbst eine Falle konstruieren, eine bauen, eine in die gleich auf einen Schlag eine große Anzahl der Vögel zu locken sind, überlegte ich. Aber wie konnte man eine solch hoch komplizierte Technik bauen? Ich war überfordert.

Grübelnd, auf dem Brennholzstapel an der Hauswand sitzend, hörte ich sie pausenlos über mir schwatzen, meine Freunde die Spatzen.
Gerade als ich mir noch den Kopf zermarterte, trat Michael Zarna, den alle im Dorf nur Michel nannten und der eigentlich aus Ostpreußen stammte, zu mir. Er war unser Nachbar und wie ein Großvater zu mir. Er lebte allein hier und bewohnte die kleine Mansardenwohnung ganz oben unterm Dach.

An den Sorgenfalten, die wohl quer über meiner Stirn zu sehen waren, erkannte Michel offensichtlich dass ich gerade große geistige Probleme zu bewältigen hatte.

„Was ist mit dir denn los, mein Junge, hast du Probleme, kann ich dir eventuell helfen," fragte er mich, wie immer freundlich und hilfsbereit. Schmunzelnd hörte er sich meine Jagdgeschichte an. Du planst ja gewaltige Dinge. Aber da fällt mir doch gerade etwas ein, ich denke, dass ich dir helfen kann.

Sogleich erklärte er mir die genaue Bauanleitung für eine sicher arbeitende Vogelfangeinrichtung.

„Einen Karton musst du nehmen, eine lange Schnur an einen kleinen Stock binden und diesen vorn unter den Karton stellen", erklärte Nachbar Michel, „jetzt brauchst du nur noch ein wenig Weizen unter den Karton streuen, dich verstecken und geduldig warten bis genügend Spatzen unter dem Karton sitzen. Dann ziehst du blitzschnell an der Schnur, der Stock fällt um und der Karton herunter, und die Vögel sitzen unter dem Karton in der Falle". Ich war begeistert, eine einfache und perfekte Lösung, frohlockte ich.

In überschäumender Ungeduld konnte ich den Baubeginn kaum abwarten. Im Geiste sah ich schon eine riesige Anzahl flatternder Spatzen in meiner Falle sitzen, und dann auch noch das viele Geld, die Vorfreude war überwältigend.

Es fing so hoffnungsvoll an. Neugierig wie Spatzen nun mal sind schwebten nach kurzer Zeit die ersten heran. Vorsichtig sichernd, fast alle in einer Reihe, schauten sie offensichtlich misstrauisch meine geniale Apparatur an.

Sie schilpten laut, vielleicht schimpften sie auch nur mit mir wegen meiner hinterlistigen. mörderischen Gedanken. Sie machten dabei einen ungeheuren Lärm. Oder berieten sie sich?
„Jetzt musst du Geduld haben und Ruhe bewahren", flüsterte Michel. Und tatsächlich lösten sich schon bald einige Vögel aus der

Schar, flogen hoch und landeten kurz vor der Falle.
Offensichtlich ohne Angst tippelten sie hin und her. Meine Aufregung wurde immer unerträglicher. Nur noch 20 cm, dann sind die ersten unter dem Karton.
Soll ich jetzt schon die tödliche Falle auslösen? Ungeduldig überlegte ich. Ich war furchtbar nervös. Nein, ich kann nicht länger warten. Vorsichtig und ganz langsam zog ich an der Schnur. Sie spannte sich, dann ein starker Ruck und der Stock sauste unter dem Karton hervor, die Falle klappte zu. Es gab kein Entkommen mehr für sie. Meine Freunde, die Spatzen, konnten der genialen Vogelfangeinrichtung nicht entfliehen. Wie viele mögen wohl unter dem Karton sitzen? Im Geiste hörte ich schon die 10 Pfennig-Stücke in meiner Hand klimpern.

Ernüchterung stellte sich aber schnell ein. Denn ich erkannte in diesem Moment das unüberwindbare Problem. Wie soll ich nur die Vögel, ohne dass sie beim Lüften des Kartons wegfliegen, ergreifen? Diese schwierige Frage war für mich kleinen Jungen wirklich nicht lösbar.

Die Spatzen, meine Freunde, flogen schließlich, laut schimpfend beim Hochheben des Kartons tatsächlich alle davon.

Kurze Zeit später saßen sie wieder, wie täglich, auf dem kleinen Dach über dem Brennholzstapel vor dem Haus, schwatzend wie immer.

Vielleicht redeten sie in diesem Moment über mich, oder machten sich sogar lustig.

Aber vielleicht berieten sie sich auch gerade und konnten es überhaupt nicht verstehen, dass ihr bester Freund, nur wegen des schnöden Geldes ihnen ans Leben wollte, überlegte ich. Manchmal kam es mir auch vor als hörte ich sie sogar lachen. Ob sie nun mit mir böse sind?

Still hockte ich mich in eine Ecke. Ich schämte mich plötzlich ganz tüchtig. Wie konnte ich nur so geldgierige Gedanken haben, um mich an ihrem Tod zu bereichern zu wollen. Sie sind doch meine Freunde.

Inzwischen selbst in die Jahre gekommen und alt geworden, denke ich manchmal in einer stillen Stunde an diese Geschichte aus meiner Kindheit. Immer wieder kommt mir dann der leise Verdacht, dass der gute Nachbar „Michel", damals als er auf seiner Gartenbank saß und an seiner Tabakspfeife saugte, und mir schmunzelnd bei meinen Bemühungen zusah, einen tollen Streich gespielt hat.

Fahrt nach Bremerhaven

Damals, so um 1990, gab es im Dorf noch neun landwirtschaftliche Betriebe. Inzwischen nicht mehr, die meisten haben aufgegeben.
Nur der Hof auf dem Georg Bahrens beinahe 50 Jahre gearbeitet hat, exzisiert noch. Als landwirtschaftlicher Gehilfe war er für alle anfallenden Arbeiten zuständig. Er war die gute Seele des Landwirtes.
Georg fühlte sich in den vergangenen Jahrzehnten auf dem Hof immer wohl. Es war ja nicht nur seine Arbeitsstelle, nein, er lebt auch dort, es ist sein zu Hause. Verlassen hat er seinen Hof noch nie. Es gab ja bisher auch keinen Anlass dazu. Er kannte es nicht anders und war mit seinem Leben sehr zufrieden.

Jetzt ist Georg, der im allgemeinen nur „Schorse" genannt wird, in Rente gegangen. Anfangs war ihm überhaupt nicht bewusst was das für ihn für Folgen haben wird. Inzwischen aber tut er sich schwer mit der Situation plötzlich ohne Aufgabe, ohne Arbeit zu sein. Niemand ruft nach ihm. Er wird nicht mehr benötigt. Langeweile schleicht sich deshalb immer öfter ein. Manchmal, aus lauter Verzweiflung, setzt er sich auf die hölzerne Bank im Garten die unter dem uralten Apfelbaum steht und hört den Vögeln zu die im Geäst zwitschern, oder er döst einfach nur vor sich hin. Unbewusst, gedankenlos läuft er dann, wenn er zu lange gesessen hat, auf dem Hof hin und her, ziellos, einfach nur so. In dieser Situation fühlt er sich als sei er in einem Käfig gefangen. Dieser Zustand macht ihn immer ganz besonders einsam.

Der Bauer beobachtet dies natürlich auch und macht sich immer wieder sorgenvolle Gedanken. Ich muss ihm unbedingt helfen, denkt er. Ruhig und einfühlsam spricht er ihn schließlich an: „Schorse, das kann so mit dir nicht weiter gehen, du musst dir unbedingt eine sinnvolle Beschäftigung suchen." „Vielleicht solltest du mal verreisen und dabei neue Eindrücke sammeln". „Dieses wird dir bestimmt gut tun".
„Aber das Wichtigste ist für dich, dass du unbedingt unter die Menschen gehen mußt. Versuche es doch mal mit dem Altenkreis der Kirchengemeinde".

Schorse überlegte, zögerte aber noch eine ganze Weile. Schließlich gab er dem Bauern recht. „Ich werde deinem Rat folgen, nur ich weiß nicht wie ich es anfangen soll". Oft schon am frühen Morgen grübelt er. Er tut sich wirklich schwer denn nach so langer Zeit der Isolation fehlt es ihm auch an Selbstbewusstsein.
Ja, ich bemerke es auch, es muss sich schnell etwas ändern. Ich werde mich deshalb dem Altenkreis der Kirchengemeinde anschließen. Gleich heute Abend, wenn er vom Feld zurück ist, werde ich mit dem Bauern sprechen und ihn um Unterstützung bitten. Es würde mir sehr viel helfen wenn er das erste mal zu einem Kaffeenachmittag mitkommt.
Einmal wöchentlich, so hat Georg inzwischen erfahren, ist die Zusammenkunft der Senioren im dörflichen Pfarrhaus. Gemütlich trinken sie dann Kaffee, manchmal ist auch Kuchen dabei, und reden viel miteinander. Diese Begegnungen werden mir bestimmt gut tun, ich werde es versuchen.

Vor einer Woche nun hat sich Georg, zusammen mit dem Bauern, getraut und sich mit durchaus gemischten Gefühlen dem Altenkreis der hiesigen Kirchengemeinde angeschlossen. Über Jahrzehnte hatte er keinen Mut gehabt sich unter Menschen zu begeben. Nun saß er ganz still im Kreis der Senioren.

Er war total verunsichert, wusste nicht worüber er sich am Kaffeetisch unterhalten sollte. Denn an Themen wie über Kunst oder Kultur hatte er ja bisher überhaupt kein Interesse, es fehlte ihm auch immer der äußere Anstoß dazu.
Georg ist sehr gehemmt, zu lange hat er allein gelebt und außerdem hapert es bei ihm auch ein wenig am Lesen und Schreiben.

Gleich am ersten Nachmittag hört er fasziniert der Rede von Frau Parlsson zu. An diesem Montag erzählt sie den Mitgliedern des Altenkreises während der Kaffeetafel, dass sie für den kommenden Sonntag eine Busfahrt nach Bremerhaven organisiert habe. Altersgerecht sei die Tagesfahrt, mit kleinem Programm und als Höhepunkt zum Abschluss eine Hafenrundfahrt. Das war richtig aufregend.

Alles war so furchtbar neu für Schorse. Verreist ist er ja noch nie. Es gab ja auch für ihn bisher nun wirklich keinen Grund das Dorf zu verlassen, zu verreisen. Nein, es

ist ihm nicht mal in den Sinn gekommen. Er hatte doch bisher auch nichts vermisst und war mit seinem täglichen Leben immer sehr zufrieden. Plötzlich, beinahe über Nacht, hat sich das nun geändert. Unglaublich viel Neues tritt plötzlich in sein Leben. Die sofort aufkommenden Ängste beschäftigten ihn aber sehr, sie sind kaum zu bewältigen.
Das erste mal im Leben mit einem Reisebus fahren. Was für ein aufregendes, unbekanntes Erlebnis. Schorse war total verunsichert. Trotzdem, er freut sich schon riesig auf diesen Tag.

Lange lag er wach in seinem Bett. Die halbe Nacht konnte er nicht schlafen. Er war einfach zu aufgeregt. Nur nicht die Abfahrt des Busses verpassen. Schwere Ängste quälten ihn, deshalb beeilte Schorse sich am Morgen, es ging alles blitzschnell. Er ist schon früh auf dem Weg zum Treffpunkt.
Eine Stunde vor der abgesprochenen Zeit und in hoffnungsvoller Erwartung stand er schließlich am Sonntag in der Frühe ganz allein vor dem Gemeindezentrum am Straßenrand und wartete. Der Bus war nicht zu sehen, auch keine Menschen. Nervös und total verunsichert stellte sich

sofort schwerer Zweifel bei ihm ein. Sollten sie schon ohne mich weggefahren sein? Schlimme Gedanken quälen ihn als er plötzlich, zum Glück, Frau Parlsson kommen sieht.

Wie im Film lief dieser Tag an Schorse vorbei. Unglaublich viele fremde Eindrücke waren zu verarbeiten. Er war total überfordert. So eine weite Busfahrt, dazu das wuselige Leben in Bremerhaven und dann noch die abschließende Hafenrundfahrt mit der MS Geestemünde, das hat ihn viel Kraft gekostet. Es ist doch alles so neu für ihn.
Die unbekannten, aufregenden Eindrücke rauschten an ihm nur so vorbei. Unglaublich schnell verging so der Tag. Er bemerkte es gar nicht. Zu sehr haben ihn die vielen neuen Eindrücke überwältigt.

Richtig aufgewühlt und in bester Stimmung ist Schorse spät abends wieder auf seinem heimatlichen Hof. Er schwelgt noch in schönen Gedanken, sortiert noch und ist überhaupt nicht bereit zu Bett zu gehen, als ihm überraschend der Bauer über den Weg läuft.

„Na, Schorse, wie hat dir der heutige Tag gefallen und was hast du denn alles in Bremerhaven erlebt", freundlich fragt in der Bauer.
„Es hat mir alles sehr gut gefallen. Toll war die Busfahrt, und auch die Stadt Bremerhaven ist schön". „Aber ganz besonders gut hat mir die Hafenrundfahrt mit der „MS Geestemünde" gefallen", erzählt er begeistert weiter.

MS Geestemünde

„Und stell dir mal vor, ganz besonders verblüffend war für mich, dass, als ich auf dem Schiff stand, auf beiden Seiten Wasser zu sehen war".

Ohne Pause reden

Dass Gerhard ein Sprachrohr ist und über einen längeren Zeitraum ohne Pause reden kann ist ihnen seit Jahren bekannt. Doch es stört sie kaum noch, sie haben sich längst daran gewöhnt, sie bemerken es inzwischen überhaupt nicht mehr oder lächeln manchmal auch darüber.

Anfang August ist die Gruppe der schon in die Jahre gekommenen Herren wieder mit ihren Rädern für mehrere Tage auf Fernfahrt. Ganz vorn an der Spitze - Gerhard.
Sie fahren gern mit ihren Rädern und sind durchaus fit, heute aber klagen sie. Die 70 km lange Tagesetappe und der permanente Gegenwind aus nördlicher Richtung, haben Spuren bei ihnen hinterlassen. Es war eine reine Quälerei, finden sie. Wie schön, dass sie ihr heutiges Tagesziel in Stotel schon früh erreicht haben. Sie freuen sich riesig auf das erste kühle Bier.
Der Schock kam aber schlagartig als sie feststellten, dass die Türen des Hotels noch fest verschlossen, und der Hotelier und sein Personal am frühen Nachmittag noch nicht anwesend waren. Die Enttäuschung bei den

Senioren ist riesengroß. Sie schweigen. Dieser Schock lähmt regelrecht die noch vorhandene Restenergie.

Die stille Hoffnung aller Freunde auf ein frisches Gezapftes ist schlagartig gestorben.

„Was machen wir nun, wie vertreiben wir uns die Wartezeit", quer diskutierten sie als sie ihre Sprache wieder gefunden haben. Wir sollten etwas spazieren gehen, das lockert auf und tut den Beinen sicherlich gut. Doch der gutgemeinte Vorschlag kam bei einigen nicht so gut an. Sehr massiv klangen die Einwände derer die wegen ihrer

Beinbeschwerden nicht laufen wollten. Auch Gerhard gehört zu ihnen. Starke Knieschmerzen quälten ihn schon seit ein paar Stunden. Nur leicht, durch leises Stöhnen, hat er es manchmal unterwegs erkennen lassen.

Schließlich, sie diskutierten immer noch temperamentvoll, beschloss die Mehrzahl dann doch einen kleinen Marsch um den See, der an das Hotel grenzt, zu beginnen. Es wird auflockern und der matten Beinmuskulatur gut tun, war die Meinung einiger.

Gerhard lässt sich nicht hängen, läuft ohne zu klagen. Aber wegen seiner extrem großen Schmerzen hat er seine Zähne fest zusammen gebissen. Wirklich er lässt sich nichts anmerken. Verstohlene Anerkennung und Bewunderung erfährt er von allen Seiten. Still genießt Gerhard das offensichtlich.

Das Höchstmaß an Bewunderung erlangte er aber wegen seiner ganz besonderen, anatomischen Fähigkeit. Obwohl er doch, wegen seiner großen Schmerzen, die Zähne fest zusammen gebissen hatte, brachte er es trotzdem fertig, eine dreiviertel Stunde, während des Laufens, ohne Pause zu reden.

Eine resolute Belehrung

Jetzt in der Ferienzeit und bei diesem wunderbaren Wetter sind immer alle Plätze besetzt. Man benötigt schon eine Portion Glück und Geduld um einen Strandkorb mit Tisch zu ergattern.
Für die Bremer die schon seit vielen Jahre die Insel besuchen, ist es aber kein Problem. Sie wissen aus Erfahrung, dass man sich hier bei „Pitschis" am Südstrand von Wyk auf Föhr, meisten auf Wartezeit einstellen muss. Die Tageszeit spielt dabei keine Rolle, alle Plätze an den kleinen, runden Tischen sind fast immer belegt.

Heute aber ist offenbar ihr Glückstag. Als das Ehepaar im mittleren Alter suchend in die Runde schaute, Ausschau nach einem freien Platz hielt, wurde gerade ein Tisch am Rande der Terrasse frei. Schnell muss man jetzt sein. Natürlich wurde er von ihnen sofort besetzt.
Gemütlich saßen die beiden nun im Strandkorb, schauten aufs Meer, beobachteten die Lachmöwen, die sich mit viel Geschrei, wie kleine Strauchdiebe, auf alles stürzten was

greifbar war und bestaunten die Surfer im strandnahen Flachwasser.

Genüsslich genossen sie das kühle Bier einer ostfriesischen Brauerei und beobachteten dabei einen kleinen Jungen, der pausenlos von Tisch zu Tisch lief.

Aufgeweckt und wohl überhaupt nicht ängstlich wuselte der Zwerg, und dabei pausenlos redend zwischen den Gästen umher. Er redet in seiner eigenen, manchmal schwer zu verstehenden Sprache. Meistens wird er deshalb wohl nicht richtig verstanden, denn vereinzelt schauen einige

Urlauber nur kurz hoch, nicken kurz und antworten ihm einfach nur mit ja. Sein Redefluss aber ist ungebremst.

Es musste ja so kommen, sie hatten schon darauf gewartet. Der Knabe beglückt mit seinem Redeschwall also auch den Tisch 32 der Bremer. Er redet und redet.

In diesem Moment tritt ein wohl siebenjähriges Mädchen mit an den Tisch. Der Junge hier heißt Jens erklärt sie und er ist mein Bruder und er ist gerade erst drei Jahre alt, freundlich lächelt sie

Breitbeinig und überhaupt nicht ängstlich hat sich Jens inzwischen vor dem Tisch aufgebaut und sich sofort „Opa", wie er immer wieder zu der männlichen Person sagte, als Redepartner ausgesucht. Er spricht und spricht, und seine rechte Hand umklammert dabei fest eine kleine bunte Schachtel. Aufgeregt springt er von einem Bein auf das andere, stolz will er offensichtlich seinen Besitz zeigen. Geräuschvoll hüpft der Inhalt in dem Pappbehälter.

Tragisch nur, der Kleine bemerkt nicht, dass der Klappverschluss geöffnet ist. Immer wieder fallen Teile des bunten Inhalts heraus und verteilen sich auf Tisch und Sandboden.
Natürlich bemerkt „Opa" das. Freundlich weist er den Zwerg auf seine permanenten Verluste hin: „Du, Kleiner, pass nur auf, du musst den Verschluss deiner Pappschachtel zu machen, sonst fällt dir der gesamte Inhalt heraus".
Spontan stand der Knabe still und sichtlich verärgert baute sich der Zwerg vor „Opa" auf. „Das ist aber keine Schachtel", knapp, aber äußerst wirsch, war seine schnelle Antwort.
„So, das ist also keine Schachtel, gut dann mache doch die Tüte zu".
„Das ist auch keine Tüte". Jetzt macht sich der Kleine gerade und resolut belehrt er Opa: „Was du sagst ist alles falsch, weil, das sind nämlich Smarties".

Wie jedes Jahr

Aus wirtschaftlichen Gründen muss der Landwirt Schumacher von Zeit zu Zeit ein Rind verkaufen. Jetzt ist es wieder so weit.
Und so ist er im Oktober 1930 wieder mit einem Rind und zwei Helfern auf dem Weg nach Bremen. Der Liefertermin ist mit dem Städtischen Schlachthof bereits fest abgesprochen.
Dem Landwirt ist es durchaus bekannt, dass der Schlachthof auf Wunsch, natürlich gegen Bezahlung, das Vieh mit Pferd und Wagen direkt auch vom Hof abholt. Doch für ihn kommt diese Möglichkeit nicht in Frage, es ist ihm viel zu teuer. „Man muss doch nicht unbedingt Geld ausgeben wenn man die Arbeit selbst erledigen kann", ist seine seit Jahren fest verankerte Meinung.
„Weißt du Friedo, das mache ich immer alles allein, das ist doch kein Problem für mich", hatte er noch vor kurzem zum Schmiedemeister Eckhardt gesagt.

Schon vor Sonnenaufgang haben sich die drei Männer, das Rind vor sich hertreibend, nun zu Fuß auf den Weg nach Bremen begeben. Es ist für sie schon beinahe

Routine. Sie machen es ja jedes Jahr und wissen, dass diese Aktion durchaus anstrengend ist und viele Stunden in Anspruch nimmt. An wichtige Wegzehrung für sich und seine Helfer hat Schumacher natürlich gedacht. Das Rind, weiß er, versorgt sich selbst und löscht seinen Durst unterwegs mit Grabenwasser.
Nicht nur für die Männer ist diese 10 Kilometer Wanderung schwer. Auch das Tier quält sich bei dieser, für die Jahreszeit extrem warmen Witterung, und läuft deshalb besonders langsam. Immer wieder muss es angetrieben werden. Mühsam ist die Wegstrecke auf den unbefestigten Feldwegen und später durch den Bürgerpark. Um das Tempo ein wenig zu erhöhen hat der Landwirt dem Tier einen Strick um Hals und Hörner gebunden. Beide Helfer, einer links der andere rechts, ziehen dann bei Bedarf kraftvoll daran. Manchmal unterstützt Schumacher sie mit einen kleinen Stock. Durch kleine Klapse auf das Hinterteil des Rindes versucht er so das Tier zum schnelleren Laufen zu bewegen.

Dann endlich lichtet sich der Stadtwald und aus der Entfernung kann man ihn schon sehen, den Bremer Schlachthof. Nur

noch einige hundert Meter entlang am Torfkanal und über die Bürgerweide, dann ist es endlich geschafft. Tier und Menschen sind total erschöpft.
Die Abgabe des Rindes ging dann ganz schnell, alles Routine.
Endlich kommen sie zur Ruhe. Die drei

Der Bremer Schlachthof um 1930

Landmänner freuen sich schon riesig auf

die folgende Pause. Durstig und hungrig kehren sie in der Schlachthofgaststätte ein. Sie wissen aus Erfahrung, dass sie sich hier mit hervorragenden Produkten aus dem Haus stärken und ihren großen Durst stillen können. Der Flüssigkeitsverlust durch die lange Lauferei war wirklich enorm. Sie sind dehydriert, total ausgetrocknet. Sie wissen, dass sie dringend trinken müssen. Sie nahmen es dann wegen ihrer Gesundheit auch sehr ernst. Immer wieder fordern sie den Wirt mit den Worten auf: „Genauso wie im letzten Jahr".
Unbemerkt verging dabei die Zeit. Sie bemerkten gar nicht, dass es bereits späht geworden ist.

Die Sonne ist im Westen bereits untergegangen als die drei Landmänner am Hauptbahnhof den Bus besteigen. Sie sind froh endlich wieder sitzen zu können, denn das Laufen fällt ihnen nach dem Genuss der vielen Getränke jetzt ganz besonders schwer. Ihr Gleichgewichtsgefühl ist ihnen offensichtlich auch verloren gegangen.

Mitten im Dorf, gleich neben der Bushaltestelle hat Friedo der Schmied seine Werkstatt. Es ist auch für ihn heute spät geworden und der Tag war wieder ganz besonders anstrengend. Jetzt endlich ist auch für ihn Feierabend. Mit dem großen Türschlüssel hat er bereits die Werkstatttür abgeschlossen und ihn an seinen angestammten Platz gleich neben der Eingangsglocke gehängt.

Schmiede Eckhardt

Wie täglich, natürlich nur zum generieren, ist er auch heute wieder auf dem Weg in die Gaststätte „Zum Vogt". Dabei kommt er direkt an der Bushaltestelle an der Dorflinde vorbei. Noch ganz in Gedanken, den Blick nach unten gerichtet, läuft er die wenigen Meter bis zu „Mimi Lange", der Wirtin, als er rein zufällig den Bus aus

Bremen ankommen sieht. Flüchtig nur schaute er hinüber, dachte sich aber eigentlich nichts dabei. Plötzlich jedoch stutzte er, denn er erkannte erstaunt den Landwirt Schumacher mit seinen beiden Begleitern. Schwerfällig stiegen sie aus dem Bus.

Der Bus aus Bremen

Die in ihrer Körperhaltung sehr instabilen Männer stützen sich gegenseitig. Langsam geht der Schmied ihnen etwas entgegen und fragt Schumacher unschuldsvoll: „Nanu, wo kommt ihr denn so spät noch her?"
"Wir kommen gerade aus Bremen und ich habe heute dort wieder eine Kuh verkauft", antwortet der Landwirt wahrheitsgemäß.

Dann entfernt sich das Trio langsam und wortlos.

Und wie es der Zufall so will sieht der Schmiedemeister am nächsten Abend, als er gerade wieder auf dem Weg in seine Lieblingsgaststätte ist, Schumacher mit seinen beiden Helfern erneut aus dem Bus aus Bremen steigen. Freudig geht er ihnen

„Zum Vogt", die Lieblingsgaststätte

wieder entgegen und begrüßt die Heimkehrenden mit den Worten: "Das ist ja ein Zufall. Ihr seid ja schon wieder mit dem Bus unterwegs gewesen, wo kommt ihr denn heute her?"

"Wir kommen wieder aus Bremen. Wir haben heute nochmals eine Kuh dorthin gebracht. Ich habe sie dort verkauft um mit dem erhaltenen Geld das zu bezahlen, was wir gestern versoffen haben."

Einmal musste es passieren

Sie machen es schon viele Jahre. An jedem 2. Dienstag im Monat treffen sich in der Regel ein Dutzend ältere Herren zu einer Radtour. Sie freuen sich echt auf diesen Tag obwohl sie nie wissen wo die Fahrt hingeht. Auch die heutige Tagesetappe ist natürlich wieder geheim. Denn Gerhard, ihr Anführer, gibt ihnen das Etappenziel aus Tradition erst kurz vor der Abfahrt bekannt. Bei jeder Ausfahrt fährt er dann die ganze Zeit vorn, an der Spitze. Es geht ja auch nicht anders denn nur er kennt ja den Weg zum Etappenziel.
Spezielle Radwanderkarten hat er nie dabei. Er benötigt sie nicht. Er muss ein inneres JPS haben, da sind sich seine Radfahrfreunde absolut sicher. Oder vielleicht hat er auch ein fotografisches Gedächtnis. Bestimmt ist er aber die aktuelle Tagesstrecke vorher schon einmal abgefahren, so munkeln sie. Sonst ist so etwas doch nicht möglich. Niemand kann so viele Straßen und Wege, auch abseits der offiziellen Routen, durch Wälder, über Wiesen und Moore, wissen und sie sich auch merken.
Gedanken während der Fahrt, ob die

gerade gefahrene Route denn richtig sei, machen sich die Männer inzwischen nicht mehr. Was sollen wir uns auch mit Überlegungen quälen, wir wissen doch, Gerhard kennt alle Wege.

Verfahren hat er sich noch nie. Zumindest hat es niemand bemerkt. Und sollte er vielleicht doch einmal einen falschen Weg gefahren sein, so hat er es einfach bisher nicht zu erkennen gegeben, das vermuten hinter vorgehaltener Hand die Freunde.

Sie fahren seit Jahren einfach hinter ihm her. Das ist einfach und besonders bequem. Doch einmal musste es ja passieren. Heute, an diesem Tag im Mai 2013, geschah tatsächlich das Unfassbare. Urplötzlich streckte Gerhard, wie immer in vorderster Front fahrend, ganz plötzlich seinen rechten Arm in die Höhe. Wie immer sein Zeichen zum Halten. Mit leiser, schon beinahe zittriger Stimme erklärte er: „Liebe Freunde, das ist mir wirklich peinlich. Der Weg, den wir gerade gefahren sind, ist falsch. Ich habe mich versehen. Wir sind die ganze Zeit in die Gegenrichtung gefahren. Wir müssen wohl wieder zirka fünf Kilometer zurück". „Es tut mir leid, bitte entschuldigt". „Furchtbar, das mir dieser Fehler unterlaufen ist".

„Aber das macht doch gar nichts", erwiderte spontan Heinz, „das ist doch überhaupt nicht schlimm, du weißt doch sicherlich, wer einen Weg zweimal fährt behält ihn für die Zukunft viel besser im Gedächtnis".

Herbstrabatte

August, der eigentlich Joachim heißt, ist seit der Schulzeit mein bester Freund. Unter seinem Namen Joachim kennt ihn allerdings kaum jemand. Jeder nennt ihn seit dieser Zeit immer nur August, ich natürlich auch.
Seine Namensänderung begann vor vielen Jahren in der Grundschule, damals in der ersten Klasse. Er saß dort neben mir und konnte überhaupt nicht still sitzen. Ich kann mich noch gut an diese Zeit erinnern. Pausenlos fiel er durch seine Grimassen und Albernheiten auf. Natürlich lachten wir alle über ihn. Joachim war doch unser Clown.
Du bist ja ein richtiger lustiger August, hatte damals oft unsere Lehrerin, Frau Tessmer, zu ihm gesagt. Seit dieser Zeit hatte Joachim einen neuen Namen und er passte wirklich gut zu ihm.

Heute ist August unser bester Tischtennisspieler im Verein. Er besitzt die ganz besonderen Fähigkeiten den kleinen Zelluloitball mit viel Schnitt und hoher Geschwindigkeit, für jeden Gegenspieler fast unerreichbar, über die grüne Platte zu schlagen. Alle bewundern ihn wegen seines außergewöhnlichen Könnens und seines sportlichen Erfolges.

Neulich waren August und ich in der Innenstadt, in der Sportabteilung eines großen Kaufhauses.
Ich hatte von der aktuellen Aktion mit den Herbstrabatten zufällig in der Tagespresse gelesen. Das sollten wir nutzen hatte ich spontan zu August am Telefon gesagt. Es ist bestimmt eine gute Gelegenheit für uns preisgünstig neue Sportbekleidung zu erwerben.

Es waren wirklich tolle Angebote. Sie waren nicht zu übersehen. Herbstrabatte mit 10 oder 20% Ermäßigung. Und in der Mitte des Raumes sah ich sogar ein Superangebot mit 50% Preisnachlass.

Nur dieser Supernachlass war offensichtlich personenbezogen, stellte ich enttäuscht fest. Schade, denn für mich galt leider dieser Riesenrabatt nicht. Er ist speziell nur für August, meinen Freund.
Eindeutig stand nämlich auf dem Schild am Verkaufstisch, mit riesigen roten Buchstaben geschrieben: „Hier 50% Ermäßigung, nur für August".

Preußenadler

Es ist in den frühen 1970iger Jahren als das kleine, einmotorige Flugzeug am späten Nachmittag auf dem Inselflugplatz in Wyk auf Föhr aufsetzt. Langsam rollt es vor dem Tower aus. Der junge Pilot, sucht nämlich nach einem Abstellplatz und parkt schließlich neben einer grün lackierten Cessna.

Tower in Wyk auf Föhr

Ohne sich Gedanken zu machen, kurz nur im Vorbeigehen, schaut er aus den Augenwinkeln auf die große Beschriftung am Rumpf und liest - „Preußenadler".

Diese Art von Flugzeugbeschriftungen hat er beinahe täglich schon gesehen. Es ist ihm nichts Neues, denn er weiß, dass es in Fliegerkreisen üblich ist, seinem Flugzeug liebevoll einen besonderen Namen zu geben. Manchmal den der Ehefrau oder auch der Freundin.

Hier ist wohl offensichtlich ein Liebhaber des ehemaligen Kaiserreiches zum Zuge gekommen, denkt er sich oberflächlich im Vorübergehen.
Die Kennzeichnung dieser Maschine erregt deshalb nicht unbedingt seine Aufmerksamkeit. So etwas interessiert ihn eigentlich weniger, außerdem hat er es heute eilig.
Der junge Flieger ist eiligen Schrittes und auf dem Weg in den oberen Bereich des Kontrollturms als ihm in diesem Moment auf der Treppe ein stattlicher, groß gewachsener älterer Herr entgegen kommt. Unauffällig, bodenständig sieht er aus. Gekleidet ist er mit einer Art Lodenmantel und festem Schuhwerk und wirkt dadurch wie ein Großgrundbesitzer aus der näheren, ländlichen Umgebung des Flughafens. Vielleicht hatte er sich nur eine Wetterprognose eingeholt, um den wichtigen Zeitpunkt der Ernte festzulegen. So

ungefähr sind die flüchtigen Gedanken des jungen Mannes.

Noch auf dem Treppenabsatz bleibt der Unbekannte jedoch plötzlich stehen und streckt ihm freundlich lächelnd zum Gruß die Hand entgegen. Angenehm klingt seine Stimme als er sich mit den Worten vorstellt: „Louis Ferdinand, Prinz von Preußen".

Ich habe ja schon viel Merkwürdiges gehört, denkt der junge Flieger spontan, aber so etwas noch nicht.
Er weiß doch, dass in der Fliegerei gelegentlich provokant aufgeschnitten wird und glaubt sofort natürlich an einen Witzbold.
Innerlich lächelnd, und weil es ja so üblich ist in Fliegerkreisen, stellt er sich dem älteren Herrn natürlich auch vor: „Prince Georg, König von England"!

Kurz nur huscht ein kleines Schmunzeln über das Gesicht des großen Unbekannten. Dann verabschiedet er sich freundlich und geht seines Weges.

Wenige Minuten später steht der junge Mann im Tower bei dem ihm gut bekannten Flugleiter. Natürlich hat der diese Situation

beobachtet und mitgehört.
Der Flugleiter wartet noch ab bis der große Unbekannte außer Hörweite ist. Dann legt er los. Wie ein Trommelfeuer prasseln nun Häme und Kritik auf den jungen, ahnungslosen Mann hernieder.

"Was warst du nur gerade unhöflich und respektlos, weißt du denn nicht wer das war"? „Der freundliche, ältere Herr war Louis Ferdinand, Prinz von Preußen, der Chef des Hauses Hohenzollern, und der ist Pilot und Fluglehrer".

Er konnte es nicht glauben. Fassungslos aber ruhig stand er ganz still im Tower. Der Flugleiter grinste nur.
Nein, er konnte die Situation immer noch nicht begreifen. Je länger er jedoch grübelte wurde es ihm langsam klar. Nun wusste er was es mit der Aufschrift „Preußenadler" an der Cessna auf sich hatte.

Böse Buben

Aufregende Aktionen gibt es im Dorf für die jungen Burschen sehr selten. Meistens herrscht gähnende Langeweile. Alle Wochentage verlaufen für sie immer gleich.
Das ist für die Halbwüchsigen eine wirklich schlimme Situation. Und so ist es doch ganz normal, dass sie dauernd nach aufregender Abwechslung suchen.
Wer von den Vieren diese geniale Idee der Freizeitgestaltung hatte, ist für diese Geschichte nicht wichtig. Tatsache ist, dass die vier Freunde, Johann, Helmut und die Brüder Heinz und Klaus beinahe täglich mit Begeisterung dieser Idee nun nachgehen. Sie können es kaum erwarten und freuen sich immer diebisch auf diesen Moment.

Auch heute, kurz vor 17 Uhr, liegen sie wieder auf der Lauer und warten geduldig. Sie sind ganz still, man darf sie nicht hören und dabei beobachten sie ganz genau das ausgewählte Objekt. Ihr Versteck und die Entfernung haben sie wieder perfekt ausgewählt und abgestimmt. Sie wissen doch, dass der Laufweg zu dem Observierten besonders kurz sein muss. Er darf nur einen Katzensprung entfernt sein um Erfolg zu haben. Aber dieser Schabernack ist ja inzwischen Routine geworden, denn es ist ja immer das selbe Opfer. Trotzdem ist ihre Vorfreude auch heute wieder riesengroß.

Das Opfer, der Leidtragende ist der Maurermeister Erich Viohl, der seit Anfang 1952 im Ort ein kleines Baugeschäft eingerichtet hat. In den Gebäuden der ehemaligen Molkerei hat er Räumlichkeiten für die Firma sowie für sein Pferd einen Stall gemietet. Helfer benötigt er im Moment noch keine, immer ist er allein zu seinen Kunden unterwegs.

In den Anfängen nutzte er als Transportmittel für sich und das Baumaterial Pferd und Wagen. Neuerdings aber nicht mehr. Denn das kleine Unternehmen floriert inzwischen so gut, dass er es zeitlich kaum noch schafft die auflaufenden Aufträge zu erledigen. „Jetzt geht es nicht mehr anders", überlegt Viohl, „ich muss schneller zu der Kundschaft kommen. Das Pferd läuft mir zu langsam, ich muss mir ein kleines Automobil kaufen".

Nur vierzehn Tage dauerte es nach der Beantragung dann hatte er einen kostenlosen Führerschein der Klasse 4 im Besitz. Eine Fahrprüfung war für diese Klasse nicht nötig. Zeitgleich bestellte er einen Tempo Hanseat in der nahen Stadt.
Dieses dreirädrige Fahrzeug wird von einem „kraftvollen" 400 cm³ Einzylinder-Zweitakt-Ottomotor angetrieben und entwickelt stolze 13,5 PS. Der Meister ist glücklich mit diesem Auto. Es erleichterte ihm nicht nur seine Arbeit, auch ist er viel schneller bei seiner Kundschaft und am Abend wieder zu Hause. Er ist sehr zufrieden und richtig stolz auf dieses Fahrzeug.

Tempo Hanseat

Eigentlich freut er sich auf jede Fahrt. Getrübt wird sein Glück nur durch die vier Freunde, die bösen Buben. Diese Jungen haben es nämlich bei jeder passenden Gelegenheit auf ihn abgesehen. Immer wieder spielen sie den gleichen Streich mit ihm. Beinahe täglich suchen sie mit listiger Vorfreude im dörflichen Umfeld nach dem urigen Auto, hocken sich dann still zusammen und warten geduldig in ihrem Versteck auf seinen Lenker. So auch heute.

Nach einem langen Arbeitstag hat der Meister seine Arbeit am späten Nachmittag beendet. Er verabschiedet sich von seiner Kundschaft, und freut sich im Stillen auf den Feierabend. An nichts Böses denkend, setzt er sich hinter das Lenkrad seines so geliebten Kleinlastwagens, startet den Motor, legt den ersten Gang ein, gibt Gas und - es passiert nichts. Nicht einen Zentimeter bewegt sich das Dreirad vom Platz. Erich gibt Vollgas, der kleine Motor heult auf. Dicke Rauchwolken entwickelt der Zweitakter dabei im Stand und nebelt die gesamte Dorfstraße ein.
Erich Viohl wusste es in diesem Moment natürlich sofort. „Schon wieder diese bösen Buben". Schimpfend springt der Meister aus

dem Führerhaus, flucht laut und droht mit erhobener Faust in Richtung der Knaben: „Ihr verdammten Banditen, wenn ich euch kriege dresche ich euch windelweich".
Die bösen Buben lachen nur, als der Maurermeister schimpfend und drohend einige Meter in ihre Richtung lief. Schon nach wenigen Metern bleiben sie wieder stehen. Sie kennen doch schon seine Reaktion. Mit ernsthafter Verfolgung brauchten sie nicht zu rechnen, es wäre für den älteren Herrn nun auch wirklich sinnlos.
Sie warten lachend darauf, dass er sich umdreht und zu seinem Auto zurück geht. Dann huschen sie sofort wieder in ihr Versteck. Der Ablauf ihres kleinen Attentats ist ja jedes mal gleich. Still warten sie nun geduldig ab bis der Fahrer wieder die Fahrzeugtür erreicht hat. Verborgen hinter einem Busch beobachten sie ganz genau seinen Einstieg in das Führerhaus. Tief geduckt, für den Fahrer nicht zu erkennen, huschen sie blitzschnell erneut aus ihrem Versteck und klammern sich an der Rückseite des Transporters, an der Ladefläche fest.

Erich Viohl hat die erneute Aktion der Jungen hinter seinem Rücken natürlich nicht bemerkt. Schon am Lenkrad sitzend und müde von der Tagesarbeit, spricht er ganz leise mit sich selbst: „Jetzt werden sie wohl Ruhe geben, diese Banditen. Sie werden es sich bestimmt nicht noch mal trauen, denn ich habe ihnen doch mit meiner Verfolgung gedroht und damit sicherlich große Angst eingejagt. Das hat bestimmt große Wirkung bei ihnen gezeigt, sie werden Angst haben".

Noch ganz diesen Gedanken nachhängend dreht er erneut am Zündschlüssel, startet den kleinen Zweitaktmotor, legt den ersten Gang ein, will losfahren und - es passiert nichts.
Die bösen Buben hängen schon wieder an der Ladeklappe. Kraftvoll, ihre Beine auf den Boden stemmend, verhindern sie wie jedes mal, erneut das Anfahren.

Gelber Sack

Die beiden stehen schon viele Jahre täglich in ihrem Geschäft. Sie machen es gern und sind glücklich dabei. Denn dieser kleine Laden für Büro- und Schreibwarenbedarf ist für die wohl 50jährigen nicht nur Broterwerb, nein auch Lebensinhalt.
Als Angebotserweiterung haben sie seit ein paar Monaten nun auch einen DHL Post und Paketshop und eine Patronen Tankstelle. Auch ist in ihrem Geschäft die lokale Abholstelle für die gelben Säcke. Früher standen sie immer zusammen am Verkaufsstand nun mussten sie ihren jeweiligen Arbeitsbereich räumlich aufteilen.

Sie kümmert sich jetzt im vorderen Bereich, an Schalter 1, um den Bürobedarf und um die Patronen Tankstelle. Ihr Ehemann steht etwas im Hintergrund an Schalter 2 und ist vorrangig für die Pakete zuständig.

Das Befüllen leer gewordener Druckerpatronen ist ihr Spezialgebiet. Sie bietet es als ganz besonderen Service an. Ruhig steht sie dann mit einer Injektionsspritze in der

Hand hinter ihrem Tresen und sticht gefühlvoll an der richtigen Stelle in die Druckerpratrone hinein und befüllt sie so mit neuer Farbe.

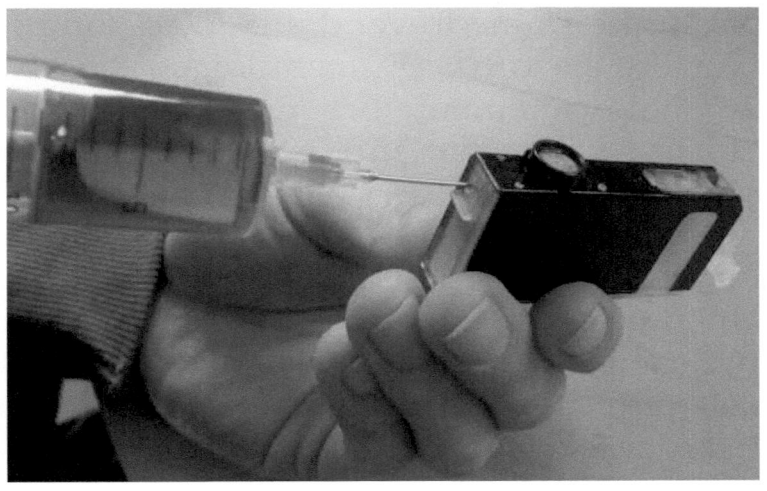

Neulich stand ein Kunde, der von diesem Befüllservice gelesen hatte, vor der Dame mit der Spritze. Er hatte seine leeren Druckerpatronen mitgebracht um ihren Service zu nutzen. Interessiert beobachtete er nun wortlos ihre geschickte Tätigkeit.

Just in diesem Moment tritt eine ältere Dame in das urige Geschäft, schaut sich interessiert um bleibt aber ganz still und schweigend in einiger Entfernung stehen.

Offensichtlich ist sie unsicher, mag nichts sagen.
Kurz nur schaut die Ladeninhaberin, in der rechten Hand blitzt immer noch die Spritze, von ihrer filigranen Tätigkeit auf und spricht die Dame fragend an: „Was kann ich denn für sie tun". „Entschuldigen sie bitte, ich habe keinen besonderen Einkaufwunsch, ich wollte nur einen gelben Sack haben".

„Das tut mir wirklich leid, ich habe hier keinen gelben Sack mehr", die Erklärung ist kurz, jedoch freundlich. „Aber gehen sie doch bitte dort an den Postschalter nebenan, zu meinem Mann, der hat einen".

Das ist doch ganz einfach

Neugierig. wie kleine Mädchen halt mal so sind, wollte neulich die Dreijährige unbedingt auf Opas Hausboden klettern. Es kam ihr einfach so in den Sinn. Immer wieder bettelte sie, sie lies nicht locker. Sie wusste, Opa zu überreden war doch wirklich kein Problem für sie.
Schnell versiegt sein anfänglicher Widerstand und obwohl er es eigentlich nicht wollte gibt Opa schließlich doch nach.
Sogleich besteigen sie vorsichtig, die Kleine voraus, die heruntergeklappte Bodenleiter.

Mit riesiger Begeisterung und großer Ausdauer wuselt die Kleine nun zwischen den verstaubten, längst vergessenen Dingen umher. Nichts lässt sie unbesehen, untersucht jedes Regal, öffnet jeden Karton. Sieht überall hinein, stellt zu jedem Teil Fragen und erwartet natürlich von Opa genaue Antwort und passende Erklärungen über das was gerade vor ihnen liegt und den eventuellen Inhalt.

Und dann hielt sie ihn plötzlich in der Hand - den kleinen roten Koffer.

Über Jahrzehnte ruhte er hier schon im Verborgenen, und seine Existenz war lange schon vergessen und nicht mehr im Bewusstsein seiner Besitzer. Plötzlich und unverhofft tauchte er nun wieder auf.
Einst gehörte er ihrer Mama und schlummerte hier oben wohl schon 35 Jahre in einem großen, grauen Pappkarton. Just in diesem Moment erblickte er zufällig erneut das Licht der Welt. Sein trauriges, dunkles Dasein hatte spontan ein Ende.

Fest verschlossen durch einen kleinen Schnappverschluss lag das für das Mädchen rätselhafte Teil nun vor ihnen. Das Geheimnis seines Inhaltes dadurch noch nicht preisgebend. Eine unheimliche Spannung hatte die Kleine in diesem Moment erfasst. Ungeduldig hüpft sie neugierig hin und her, möchte zu gern den Inhalt sehen. Doch dazu benötigt sie unbedingt männliche Hilfe: „Opa, bitte aufmachen".

„Kein Problem für mich", antwortet Opa, „das ist doch ganz einfach".
Ein kleiner Handgriff, ein Schnapp, schon springt der Deckel auf, und gewährt so Einblick in den Inhalt des Koffers. Unver-

kennbar huscht eine leichte Enttäuschung über das kindliche Gesicht. Totale Stille herrscht spontan bei der Kleinen.

Sie konnte mit dem Inhalt des Koffers überhaupt nichts anfangen. Voll gepackt bis zum Rand war er nämlich - mit „Hanni und Nanni" und „Onkel Toms Hütte", - mit Hörspielkompaktkassetten.

Diese einst supermodernen Tonträger waren natürlich total fremd für sie.

Aber dafür hatte sie ja ihren Opa, der kannte sich aus und das wollte er ihr auch gleich beweisen.

„Komm wir gehen gemeinsam in den großen Kellerraum, du weißt doch, der in dem die Sportgeräte stehen", fordert er selbstbewusst seine Enkelin auf. Dort steht nämlich noch ein altes Gerät, ein Radiorekorder. In diesen Recorder stecken wir diese Kassetten hinein und können sie dann prima abspielen und anhören.
„Freue dich, du wirst staunen wie toll sich das dann alles anhört". „Mit dem Kassettenrecorder kenne ich mich nämlich aus, den kann ich gut bedienen. Wirklich, das ist für mich ganz einfach". Die Kleine zitterte vor Aufregung, kann es kaum erwarten.

Opa ist richtig ein bisschen stolz auf seine technischen Fähigkeiten und sich.
Dass das Radio mit der Kassettenabspieleinrichtung natürlich auch schon sehr betagt ist, und 40 Jahrzehnte nicht mehr benutzt wurde, hat er offensichtlich schon vergessen.
Fachmännisch, nur mit einem leichten Druck, öffnet er sogleich das Kassettenfach, legt Hanni und Nanni hinein, schiebt den Regler auf Kassette und dann auf Play, und – es passiert nichts. Mit großen Augen schaut erwartungsvoll die Kleine hoffnungsvoll abwechselnd auf ihren Großvater und

das Gerät. Opa startet, inzwischen schon ein wenig verunsichert, nun einen weiteren Versuch. Er dreht an verschiedenen Schaltern, schiebt den Regler von links nach rechts. Wieder Stille, es passiert nichts. Es wollte einfach nicht klappen.

Ganz ruhig, und mit großen Augen beobachtet die Enkelin ihren Opa. Still und ruhig sitzt sie, und schaut nur immer wieder verständnislos auf das Altertümliche welches sie vor sich sieht, abwechselnd auf den Recorder und auf ihren Opa.
Offensichtlich bemerkt sie Opas immer größer werdende hektische Unsicherheit. Sie hat wohl schon ein wenig Mitleid mit ihm.
Vorsichtig und ganz einfühlsam, vielleicht um auch das peinliche Schweigen zu beenden fragt sie schließlich: „Geht es nicht Opa"?

Der Landverkauf
oder „doch wi wiet he dat keken het"

Ende der 1920iger Jahre hatte der Kaufmann Carl Beck in Bremen eine florierende Weinhandlung. Geschickt und wortgewaltig verstand er es vortrefflich seinen Wein im städtischen Bereich zu verkaufen. Aber, und diese Gedanken ließen ihn nicht mehr los, es wäre doch schön wenn ich mein Geschäft erweitern könnte, auch über die Grenzen Bremens hinaus. Diese Idee ging ihm nicht mehr aus dem Kopf. Nur, und das war ihm durchaus bewusst, die Wege zu den Nachbargemeinden waren weit und die Straßen dorthin oft in schlechtem Zustand. Mit meinem Pferdegespann ist dieses Ziel schwer zu erreichen, viel zu zeitaufwändig, darüber war er sich durchaus im Klaren.

Neulich abends, das Geschäft war schon abgesperrt, saß er noch mit seinem besten Freund gemütlich bei einer Flasche Wein zusammen. Beck erzählte ihm von seinen Gedankengängen, erzählte dass er zu gern auch in den angrenzenden Dörfern seinen Wein anbieten und verkaufen würde.

Sie diskutierten intensiv über dieses Thema.

„Mit deinem Pferdegespann wird das aber nicht klappen. Du solltest dir etwas Modernes, ein Automobil für deinen Weinhandel anschaffen", riet der Freund. „Damit kannst du die umliegenden Dörfer schnell und problemlos erreichen und dabei gleichzeitig auch wunderbare Werbung für dein Geschäft machen". „Nur so wird es dir möglich sein neue Kunden am Randgebiet der Stadt zu werben. Es ist ein moderner Weg für dich um den Umsatz zu steigern". Beck war von dieser Idee total begeistert. Er war sich sofort sicher, dass ein Automobil die Lösung ist. Es ermöglicht mir schnell und bequem meine treuen Kunden in der Stadt zu beliefern und zusätzlich in die umliegenden Dörfer zu fahren. Beck überlegte nur kurz. „Ich werde mich sofort bei einer Autolenkerschule anmelden um den Führerschein der Klasse 3 zu erwerben".

Dieser Pkw wird mir im Laufe der Zeit ein wichtiger Helfer werden, da war er sich sofort sicher.
Nur wenige Wochen dauerte es dann hatte er den Führerschein erworben und eines der modernen Fahrzeuge stand vor seiner Weinhandlung.

Unglaublich stolz war er auf seinen neuen Kraftwagen.

DKW F1, Baujahr 1931

Bei einer seiner Überlandfahrten durchquerte er auch zufällig die Wümmedörfer Borgfeld und Timmersloh.
Die Namen beider Orte hatte er durchaus schon gehört, dort gewesen ist er allerdings noch nie. Die Dörfer waren ja bisher für eine Fahrt mit dem Kutschwagen auch einfach zu weit entfernt gewesen.
Fasziniert von der besonders lieblichen Landschaft und dem reizvollen dörflichen Ambiente an der Wümme, vergaß er in

diesem Moment seinen wirklichen kaufmännischen Auftrag. Er war regelrecht verzaubert.

Hier ist der Platz an dem ich meine Freizeit verleben möchte, träumte er. Wie schön wäre es in dieser Gegend ein Wochenendhaus zu besitzen.

Besessen von diesem Gedanken begann er sofort nach einem ländlichen Grundstück zu suchen. Überall und jeden der ihm begegnete fragte er, hoffte dabei auf positive Antwort. Das Glück meinte es schon bald gut mit ihm, als er den Borgfelder Landwirt Heinrich Schuster, mitten im Dorf traf und ihn nach einem Grundstück befragte.

„Da bist du bei mir richtig, antwortet Schuster schlitzohrig dem Weinhändler". „Ich besitze nämlich ein brachliegendes Moorland in der Nähe des Hexenberges in toller Lage". „Oft bin ich dort wenn ich bei meinen Kühen in den Wischen war. Gern schaue ich dann nach diesem Moorland im Duvmoor". „Es ist ein schönes Stück Brachland mitten im Moor, dass mir immer Freude bereitet".

„Doch wenn es in gute Hände käme wäre ich unter Umständen bereit einen Teil davon zu verkaufen", schwärmt der Landwirt dem Städter vor.

Das dieses Land für ihn völlig nutzlos ist und durch das er nur Arbeit und Kosten hat und dass ihm kein Geld einbringt, erzählt er klugerweise natürlich nicht.

Der Zufall bescherte ihm nun an diesem Tag im Frühjahr 1934 unerwartet einen Interessenten für sein ungeliebtes Brachland. Ein Besichtigungstermin war schnell gefunden.

Es war kurz vor Mittag, an einem schönen, sonnigen Sonntag, als sich nun der Landwirt Schuster und der Weinhändler Beck zu einem Ortstermin im Duvmoor trafen. Ganz nah standen sie am Rande des Weges beieinander. Der Städter angelehnt an sein feines Automobil und der Bauer vor seinem Pferdewagen. Der eine im besten feinen städtischen Zwirn, der andere in grober ländlicher Kleidung. Beide blicken eine ganze zeitlang schweigend auf das vor ihnen brachliegende moorige Land.

Beck war von dem Landstück begeistert, lies es sich aber nicht anmerken. Er war ja Kaufmann, da zeigt man seine wahren Gefühle nicht. Doch in seinem Innern rumorte es, er muss dieses Land unbedingt erwerben.

Pausenlos sprach er nun auf Schuster ein, wollte ihn unbedingt zum Verkauf überreden. Rhetorisch geschult fühlte er sich dem Dorfmenschen sowieso weit überlegen. Durch den täglichen Umgang mit seinen Kunden, glaubte der Weinhändler mit dem einfachen Landmenschen, wie er fand, ein leichtes Spiel zu haben. Er war sich sicher, heute werde er ein richtiges Schnäppchen machen.

Je länger er schaute um so besser gefiel Beck das Grundstück mit dem alten Busch- und Baumbestand in der moorigen Landschaft. Mehr noch, er war schon regelrecht verliebt, zeigte es natürlich aus taktischen Gründen nicht.

„Wie viel von dieser Fläche kannst du mir denn verkaufen", fragte er schließlich ganz vorsichtig den Landmann.

Schuster legte grübelnd seine Stirn in Falten. Sein Blick ist geradeaus gerichtet. Kommentarlos, ohne ein Wort zu sagen, hob er in diesem Moment die rechte Hand und zeigte abwechselnd in alle vier Himmelsrichtungen. Sein ausgestreckter Zeigefinger gab so die Größe des zu verkaufenden Grundstückes an. Beck ist begeistert, frohlockte innerlich und war sofort einverstanden.

Nach wortreichem Feilschen des Weinhändlers erklärte sich schließlich Heinrich Schuster mit aufgesetzter zögerlicher Miene zum Verkauf bereit. Schnell wurden sie sich handelseinig und ein Handschlag besiegelte abschließend den Kaufvertrag. Beck war richtig stolz auf sich und überaus zufrieden.

Er beauftragte sofort einen Gärtner mit der Bitte einen 50 Meter langen Weg ab der Straße Duvmoor anzulegen. Beidseitig soll er mit herrlichen Rhododendronbüschen bepflanzt werden und am Wegesende eine Freifläche entstehen. Es soll der Platz für das Wochenendhaus sein. Einmal in der Woche fuhr er nun zu seinem neuen Grundstück und freute sich über den Fortgang der gärtnerischen Arbeiten.
Auch einen Briefkasten lies er schon montieren.

Erst jetzt, nach Monaten, bemerkte Beck plötzlich die vier auf seinem Grundstück von Schuster wohl nachträglich eingeschlagenen Begrenzungspfähle.

Beck ist total verunsichert. Mit der Gesamtgröße des Grundstücks kann etwas nicht stimmen, mutmaßte er sofort. Je öfter er in die Runde schaute und darüber nachdachte überwältigte ihn immer mehr ein schlimmer Verdacht. Der Bauer hat dich betrogen, ich muss ihn sofort zur Rede stellen.

Mitten auf seinem Hof stand der Landwirt gerade als das feine Automobil dort vorfuhr. Ohne Begrüßung redete Beck sofort auf den unschuldig schauenden Landwirt ein. „Schuster, du hast die Pfähle falsch gesetzt, das Land ist kleiner als vor dem Vertrag von dir angezeigt, du hast mich betrogen". Nein, das kann nicht sein. Heinrich Schuster beteuerte immer wieder treuherzig seine Unschuld. Es hat wirklich alles seine Richtigkeit und es ist so wie damals besprochen. Die Streitereien nahmen zu. Die Situation eskalierte zusehends.

Ohne Einigung beendete schließlich der Landwirt die hitzige Debatte, drehte sich einfach um und ging wortlos in sein Haus.

Beck war wütend, fühlte sich im Recht und betrogen. Ich werde ihn verklagen. Ein Prozess vor dem Amtsgericht Bremen war dadurch unumgänglich.

Das Amtsgericht hatte nun die beiden Streitenden an einem Donnerstag zum Anhörungstermin vorgeladen.
Vielleicht nur zwei Meter sitzen sie voneinander getrennt auf der selben Bank, beachten sich aber mit keinem Blick. Beide schauen stur gerade aus, mögen sich nicht ansehen. Gespannt schauen beide auf den gerade eintretenden Richter als dieser schließlich mit der Beweisaufnahme beginnt.
„Nun, Herr Beck, eröffnet dieser die Verhandlung und sprach damit den Kläger an, schildern sie doch mal aus ihrer Sicht den genauen Ablauf des Grundstücksverkaufs zwischen ihnen und dem Beklagten".
Wortreich und redegewandt erzählt nun Carl Beck wie Heinrich Schuster ihm mit dem ausgestreckten Zeigefinger die Grundstücksgrenzen angezeigt habe. Er fühlt sich wirklich im Recht.
Der Richter schaut minutenlang beide Kontrahenten intensiv an und hört auf-

merksam den Ausführungen zu. Plötzlich verschwindet sein freundlicher Gesichtsausdruck, jetzt wirkt er amtlich. Leicht nach rechts gedreht wendet er sich nun dem Angeklagten zu.

„Also, Herr Schuster, was sagen sie zu den Aussagen des Herrn Beck".

Schuster steht von seiner Bank auf. Seine Augen schauen treuherzig den Juristen an. Unterwürfig klingt seine Stimme als er dem Richter erklärt: „Dat is wohr, wat he seggt, Herr Amtsgerichtsrat, eck hef dorop henwiest, doch wi wiet he dat keken het, dat weet eck jo nich."

Das Verfahren wurde eingestellt.

Antons letzter Wille

Es ist ein Donnerstag, im Mai 1939. Das traurige Ereignis, der Todesfall von Anton, verbreitet sich unter den Dorfbewohnern rasend schnell und geht von Mund zu Mund, von Nachbar zu Nachbar.
Auch der hiesige Geistliche zeigt diesen Trauerfall durch besonders lautstarkes und langes Geläut der Kirchenglocke den Bürgern im Dorf an. Er ruft auf diese Weise rechtzeitig zur Trauerfeier mit anschließender Beisetzung. Es ist zu dieser Zeit in der kleinen Gemeinde nämlich noch üblich, dem Verstorbenen die letzte Ehre durch persönliche Anwesenheit zu erteilen.

Selbstverständlich halten sich auch die beiden Landwirte Heinrich S. und Hinrich K. an den allgemein üblichen Brauch. Früh schon stehen sie deshalb in ihren Kammern vor den Kleiderschränken und suchen nach dem feierlichen, dunklen Anzug. Behände schlüpfen sie in den speziellen Schwarzen und setzen noch schnell, bevor sie ihr Haus verlassen, die festliche Kopfbedeckung auf. Der eine einen Zylinder, der andere einen Homburg. Die beiden Landleute putzen sich halt für so ein Ereignis heraus. Sie wissen, dass es in der Gemeinde so üblich ist zu so einem Anlass den feierlichen Sonntagsanzug zu benutzen.

Gemeinsam nehmen die beiden Nachbarn allerdings nicht den Weg zur Kirche, sie gehen getrennt, sie mögen sich nämlich nicht.

Oft hört man sie schon in der Frühe lautstark miteinander streiten. Belanglose Dinge sind es meistens, sie verstehen sich wirklich nicht so gut.

Mit der neulich neu geschaffenen gemeinsamen Zuwegung zu ihren Höfen sollte Frieden entstehen, so war der Plan. Ohne Erfolg.

Auch wenn es einmal zufällig zu einer Begegnung kommen sollte, sprechen sie kein Wort miteinander, sie schauen nur gerade aus und würdigen sich keines Blickes. Die beiden Landwirte sind halt echte Starrköpfe.

Auch in der Kapelle und am Grabe halten sie daran fest. Alle Anwesenden sollen doch ihre gegenseitige Abneigung erkennen. Sie zeigen es ganz bewusst.

Doch nicht immer gehen einige Bürger mit nur pietätvolle Gedanken den Weg zur Beerdigung. Nein, sie benutzen oft den traurigen Anlass nur als Vorspann, mehr als notwendiges Übel. Das Wichtige für sie kommt nämlich nach der Beisetzung. Sie freuen sich schon auf das „Fell versaufen".

Der Pastor hatte den letzten Wunsch des Verstorbenen zum Abschluss von der Kanzel aus schon verkündet. Die Hinterbliebenen laden nach der Trauerfeier zum Leichenschmaus in Jan Bungers „Ratsspieker" ein.

Es lag dem Verstorbenen sehr am Herzen. Er wollte es, dass die Trauergäste nach der Beerdigung in der Gaststätte gemeinsam an ihn denken und auf in trinken. Sie sollen sich dort alle gut vertragen und eventuelle Feindseligkeiten an diesem Tag begraben.

Der Weg ist kurz, vielleicht nur 50 Meter, bis zum Ratsspieker, wirklich kein Problem für die Trauergemeinde. Einmal die Straße queren, schon stehen sie am Tresen. Köm und Bier, immer als ganze Einheit, so ist hier die Tradition „beim Fell versaufen". Heinrich und Hinrich haben damit keine Probleme, sie gehören in diesem Kreis zu den Standfesten, sie können jeder Zeit mithalten.

Es dauerte wirklich nicht lange. Sicherlich trug die angenehme Atmosphäre dazu bei. Denn schon nach kurzer Zeit erfüllt sich der letzte Wunsch des Verstorbenen. Die Anwesenden mögen sich plötzlich und haben sich lieb.

Die vielen alkoholischen Einheiten wirken sich offensichtlich günstig auf die Lockerheit der Trauergäste aus. Sie umarmen sich immer wieder und ihre Zungen lösen sich. So wird an diesem Nachmittag viel geredet, meistens durcheinander, man nimmt es nicht so genau. Nur die beiden, schwer zerstrittenen Landwirte stehen getrennt, jeweils links und rechts am Ende des Biertresens. Unbemerkt und rasend schnell vergingen so die Stunden. Ihr Zeitgefühl haben sie längst verloren. Dichter Zigarren-

rauch vernebelt außerdem die Sicht auf die Wanduhr im Gastraum. Nur durch ihr ticken ist sie im Hintergrund noch zu hören; Beachtung findet sie jedoch nicht. Erst als die Turmuhr der nahen Kirche den schon beginnenden Abend einläutet, erkennen auch die beiden Landmänner, dass es Zeit für den Heimweg ist.
Jetzt geschieht das Unfassbare.
Wundersame Dinge sind offensichtlich in den vergangenen Stunden hier geschehen.
Denn freundlich miteinander plaudernd treten nämlich Heini und Hinni, gemeinsam aus der Wirtschaft. Eingehakt und gegenseitig ein wenig stützend, verlassen sie mit allerbester Laune die Gaststätte und nehmen gemeinsam den Heimweg. Offensichtlich bewirken der Wunsch des Verstorbenen sich gut zu vertragen und die hochprozentigen Nettigkeiten an der Theke, dass sie sich plötzlich wieder lieben. Sie sind glücklich wie nie zuvor an diesem Tag, und für diesen Moment die allerbesten Freunde.
Doch die Nachricht eines eingetretenen Todes im Dorf verändert die beiden aus Erfahrung aber nur vorübergehend. Morgen haben sie bestimmt den letzten Wunsch des Verstorbenen wieder vergessen.